新潮文庫

雲の墓標

阿川弘之著

新潮社版

1176

雲の墓標

大竹海兵団

昭和十八年十二月十二日

今日は入団後はじめての日曜日で、日課は身の廻《まわ》り整理。わずかに晏如《あんじょ》の心を得て日記をつけはじめる。

一昨日午前十一時五十分大竹駅下車、海兵団に到着して、午後身体検査。合格。「B」。飛行適を申しわたされ、自分の進むべき道はすでに定まった。学生服を脱いで、ジョンビラと称する水兵服を着、かぶりにくい水兵帽を頭にいただき、純白の作業衣も支給された。夜ははじめてハンモックを吊《つ》ることを教えられ、衣服をたたんで枕《まくら》にすることをおぼえ、また初めて海軍の夕食を食った。軍隊で寝た最初の夜あけは寒かった。

四日まえの晩、大勢の肉親知友に送られて、ごったがえす大阪駅頭をたって来たことは、すでに半年も一年も、あるいは三年もまえのことのように、双眼鏡を逆にのぞいたように、はるかに遠く感ぜられてならない。海軍の生活が地獄であるか極楽であるか、未だ自分にはわからないが、分隊長から「娑婆《しゃば》」という言葉を聞かされた時には、自分がいま、住み馴《な》れた自分の天地から、はっきり疎隔《そかく》した別の世界に移って来たことを、強く感じさせられた。もとよりそれは覚悟のまえであるが、自分の心は、積極的にすべてに打ち向って行こうとして四肢《しし》にみなぎる勇気をおぼえて猛烈にふくれ上るかと思うと、又、奈落《ならく》へ突きおとされるような淋《さび》しさと焦躁《しょうそう》とで、風船のように萎《しぼ》んでしまう。のこして来た学業への未練、父母への思慕、多くのなつかしい人々への気持、それが十重《とえ》二十重《はたえ》に自分にからみつき、自分を幾つにも引き裂くのである。しかし、自分たちにはもはや、なにものかを選ぶということは出来ない。定められた運命の下に、自分を鍛えることだけが、われわれに残された道だ。

海軍では、バケツがチン・ケースで、雑巾《ぞうきん》が内舷《ないげん》マッチで、盥《たらい》はオスタップで、風《ふ》呂《ろ》はバスで、僕《ぼく》、君、ネ、殿、厳禁。あやまって口に出せば、教班長から牛殺しという額をこづく刑罰を一つずつもらう。如何《いか》なる些細《ささい》なことも、此《こ》のあたらしい社会の言葉と秩序とにしたがって、自分を習熟させ成長させてゆかねばならぬ。

ただ、此の海兵団ではわれわれ学徒出身兵は、それぞれ出身学校別に分隊が分けられていて、早稲田《わせだ》の分隊、東大の分隊、中央大学の分隊、広島高師の分隊、そして自分ら京都大学の分隊という風で、今もこうして日記を書きながら周囲を見ると、藤倉《ふじくら》は浮かぬ顔をして仁丹を噛《か》んでいる、坂井は葉書を書いている、鹿島《かしま》もどこかにいる筈《はず》で、これは自分の倖《しあわ》せである。

十一月の末、最後の万葉集演習がおわって、夕ぐれまでグラウンドでベースボールをしたあと、みんなで図書館裏の大きな橿《かし》の木の下に坐《すわ》ってしゃべりあった時、鹿島が詠《よ》んだ、「真幸《まさき》くて逢《あ》はむ日あれや荒橿《あらかし》の下に別れし君にも君にも」という歌を、自分は好きで心にとどめているが、其《そ》の仲間が半数までここにこうやって共にくらしていることは、自分を非常に勇気づけてくれる。

戦局は日本に有利な状況ではない。しかし米国にとっても必ずしも有利な状況ではあるまい。アメリカの学生たちも、あるいはシェークスピアやホイットマンの研究をなげうって、戦列に伍《ご》して来ているであろう。これからの戦いは、ある意味で彼らとわれわれとの戦いであるかもしれない。あらゆる妄念《もうねん》を心の底に沈めて、雄々しくなることに努めねばならない。明月曜日は正式の入団式で、呉《くれ》鎮守府司令長官の巡視がある。自分たちの小さな心の動きをすべて圧伏する巨大な車輪の廻転《かいてん》によって、一歩々々大きな組織の中へ溶けこんでゆくのだ。

十二月十五日

午前中、分隊長湯原大尉の精神講話の時間に、藤倉が新聞を読んでいてみつかった。分隊長の話は、海軍の精神としてスマートネスということを説いたものであった。これは洒落気《しゃれっけ》のことではない。敏速にやわらかく、軽く、しかし粗暴にならぬように、静かに。身のこなしにも頭の廻転にも、これなくては、船乗り飛行機乗りとして海軍のお役にはたたないという話の途中で、大喝《だいかつ》一声、

「誰《だれ》だ、うつむいて新聞を読んでおるのは。起《た》て」と。一同どうなることかと心安からでなかったが、何の新聞だとたずねられて、藤倉が読書新聞だというと、分隊長はよくわからなかったらしく、訊《き》きかえした。藤倉はやや反抗の語気で、

「読書新聞の芭蕉《ばしよう》のことを書いたものを読んでおりました。これを書かれたのは、わたくしの恩師であります。分隊長の今話されておることは、芭蕉の申す軽みという心に通じるものであると思います」と叫ぶように答える。

「新聞を見ながら、わたしの話がわかったか」

「ハイ。聞いておりました」

一同失笑。分隊長は笑わなかったが、

「よし。新聞たため。以後そういうこと相ならん」といい、とがめはそれだけで話をつづけた。あの芭蕉の話はO先生が書かれたものだ。自分はなつかしい気がした。しかし湯原大尉に対しても、悪い感じは起らなかった。

午後、予備学生試験。国語、作文、数学、物理。監督は教班長吉見善太一等兵曹《へいそう》。われわれは此の試験に合格して、当海兵団での教程を了《お》えると、一ヶ月余ののちには、士官の服を着、少尉候補生に準ずる階級をあたえられて、各〻の専門の技術の修得を始めることになる。自分は十中八、九、土浦航空隊に行くことになろう。吉見一曹はミッドウェー海戦で沈没した航空母艦蒼龍《そうりゅう》乗組の生きのこりで、海軍生活はすでに十年になるが、われわれは間もなく其の上級者となって、戦場で相見《あいまみ》える日があれば、掌中に此の人たちの生死をにぎって、其の指揮をとらねばならぬのだ。これを安易に考えるわけにはゆかない。海軍のことを未だ右も左も知らぬ者が、いくらもせぬうちに自分の上官に成りあがると思うことは、教班長たちにとって愉快なことではないであろうと察しているが、すくなくともうちの吉見教員は「大学の先生になった」といって笑い、かつ自分の責任を重いものと感じているらしく、われわれに対して無理難題をいいかけるようなことは全くない。

試験は、国語、作文はなんとでもなるが、数学と物理は、われわれ文科系出身者にとっては如何にも苦手である。オームの法則とか、ヘルムホルツのエネルギー不変の原理とかいうものは、中学生時代に聞いたことのあるようなかすかな記憶として残っているだけで、みんな頭をなやましていた。ところが、予備学生試験に際しても、海軍の慣例で、各分隊各教班の競争意識は非常につよく、教班長としては、まちがっても自分の班から不合格者を出すような不名誉はとりたくない。それで監督自身がカンニングをしてあるいている。吉見教員が自分の机の横に立ちどまって、鉛筆でチョンチョンと叩《たた》くので、振りかえると、知らん顔をして行ってしまった。よく見てみると、自分の数学の例題は一つ答がちがっていた。あちらでもこちらでも立ちどまって、チョンチョンと叩いて歩いている。

夕別科海軍体操。

十二月二十八日

カッター撓漕《とうそう》三回目。約五十回。はた目に整々と美しく、みずからやってこんな苦しいものはあるまい。しかし頑張《がんば》らねばならぬ。

鉄石の意志。清潔整頓《せいとん》。積極進取。実務第一。

だが、正直に書けば、これらの徳目にぴたりと寄りそって、ちょうど其の反対のものが常に自分の心に顔をのぞかせている。弱気。怠惰。消極現状維持。要領第一。自分は要領第一になれる方ではないが、時に要領よくやらねば、軍隊のなかでは生きてゆけないのではないかと感ずることがある。藤倉は煙草盆《たばこぼん》の時間に、自分に向って公然と、

「要領だよ、吉野、要領だよ。君は馬鹿《ばか》正直の方だから言っといてやるが、僕たちは海軍という閉ざされた世界の鋳型《いがた》にはまらなくても、自分たちのやるべきことだけはやれるよ。それだけの自主性が持てないようなら、なんのために今まで、高等学校や大学で、あんな奔放な生活をして来たのだ？　鋳型にはまった恰好《かっこう》をしてみせなければ怒るから、そこで必要なのが要領だよ。芥川龍之介《あくたがわりゅうのすけ》は、嘘《うそ》でしか語れない真実もあるといった」と。彼は監督者のいないところでは、今もけっして貴様、俺《おれ》、お前という風な言葉を使おうとしない。そしてわずかな抵抗をたのしんでいるように見える。自分は必ずしも藤倉の意見に賛同はしないが、鹿島や藤倉の言うことだと、どのようなことでも一応は率直に聞くことが出来る。われわれ四人の間では、藤倉と鹿島の二人が一番海軍の気分に対して反逆的で、坂井が最も素直だが、気が弱くやや愚痴が多く、自分は其の中間というところである。

ここでは玄米食励行で、毎食前高声令達器が、「食事、食事。総員手ヲ洗へ。ヨク嚙ンデユックリ食べヨ。ヨク嚙ンデユックリ食ベヨ」と放送している。軍隊に入ったら飯を早く食わないとひどい目にあうそうだといって、みんなでたわむれに小川亭《てい》で早飯食いの競争をしたこともあったが、逆であった。其のせいか学徒水兵たちは、みな体質がかわったように大便によく行く。自分も決って一日三遍、固い糞《くそ》をたくさんして来る。みじかい休み時間、便所はいつも満員で、行列のあとにつくのがおくれたらやりそこなう。大便を我慢して陸戦教練をやるのはつらいものだ。特に不動の姿勢の時、下腹が張って来て、屁《へ》が出そうでつらい。夜なかに一度起きて、一回ぶんだけウンコをしておくこと。これも要領の一つか。

昭和十九年一月二日

あたらしい年。最初の岩国行軍。入団後はじめて外界の空気にふれ、鶏の鳴きごえや、子供が晴れ姿で羽根をついているのや、自転車を持ったほろ酔いの行商人が道端で立小便をしている巷《ちまた》の正月風景が、すべて眼《め》に耳にしみるように感ぜられた。岩国川は底に白いまるい石のたくさん見える清冽《せいれつ》なながれで、錦帯橋《きんたいきょう》の附近は、洛西《らくせい》嵐山の渡月橋《とげつきよう》あたりの風景によく似ていてなつかしかった。夕刻帰隊。

甘いものが食いたい。ぼたもちへの渇求はすでに二週間におよぶ。海軍に入って来て、自分は毎日何をいちばん思っているか。気がつくと、常に食いもののことばかり考えているようだ。自分は女の身体《からだ》を識《し》らないためか、性欲はまったく感じないが、赤い炭火でこんがりと焼いた豆大福が食べたい。小川亭のトンカツがもう一度食べたい。

正月三ヶ日は銀めしである。毎日の玄米食を見馴れた眼に、つぶつぶとした艶《つや》と適度のしめりをもって白く光っている炊《た》きたての白米は、とうとく思われる。元日は昼食十時。サラダ、かまぼこ、数の子、黒豆、牛肉、水羊羹《みずようかん》、つづいてすぐ、菓子二袋、林檎《りんご》一、蜜柑《みかん》四つが出た。ただしこれだけを其の場で一ッ気に食い、のこして他の時間に食ってはならないと言いわたされる。何故《なぜ》だろう? しかし、事ごとに何故か、というような疑問を持つのは、軍人精神が入っていない証拠であると言われる。抗弁するものはないが、懐疑の精神が近代科学の生みの親であると、われわれは聞いて来た。そして海軍はなによりも、西欧の近代科学の上に立脚している。陸軍とちがって、海軍の軍人は、精神主義ばかりでは艦船も航空機も動かないことをよく知っている筈だ。これは矛盾ではないか。

しかし、心底から欲《ほっ》するところ、おのずから多少の道が通ずるもののようで、ゆうべ釣床《つりどこ》の中へ乾柿《ほしがき》三箇《こ》秘密配給があった。本日おなじく、味噌煎餅《みそせんべい》五枚秘密配給。煎餅を音をさせないで食うのは、至高の技術を要する。世界が二つに割れてこうして戦争をしていても、必要となれば、スエーデンの鉄鋼でも米国の機械でも輸入する道はのこっているというが、自分たちの方でも、外界との道は完全に絶えているわけではない。同班のSは、大竹町の顔役の息子で、海兵団の副長を通じて物資が入る由《よし》で、味噌煎餅はSの恵与である。となりの班にいる鹿島は、大晦日《おおみそか》の夕方、突如高いところより、

「こら。鹿島、鹿島」と天狗《てんぐ》のごとき声あり、驚いているうちに、からだを掃除道具入れの棚《たな》の上にひっぱり上げられて、石井教班長より、さあ食えといって、乾柿と茹《ゆで》玉子《たまご》を二十くらい呑《の》みこまされたという。鹿島の父君が鹿島の正月を憶《おも》って食べものをたくさん持って面会に来たが、あわせてもらえず、

「それでは捨てるのも勿体《もったい》ないから、どうか教班長さんたちであがって下さい」と色々なものを置いてかえったのだそうだ。ひそかに面会をもとめて来て、あえずにかえっている父兄は相当多いらしく、それらのなかには、教班長を買収しようとする者もあるらしい。また買収される教班長も多くの中にはいるらしい。自分はこういうこ

とは好きとはいえないが、食い気のまえには精神が妥協的になる。ゆうべの乾柿の秘密配給は、むろん鹿島からのものである。

大晦日にはまた、温習時、ノートに丹念に親子丼《おやこどんぶり》とカレーライスと洋菓子の絵を描《か》いていた奴《やつ》がつかまった。六教班のMである。十二色の色鉛筆で実に克明に描いてあったが、ビリビリにやぶられて、分隊長から両頰《ほお》往復二つなぐられた。自分はさいわい、入団以来未だ一度もなぐられたことがない。

一月七日

昨夜、底びえのする寒さであったが、今朝は雪。中国の山と瀬戸内海の島々を白くいろどって、雪はなお霏々《ひひ》として降っている。天突き体操。かけあし。おわってカッター。吉見教班長は舷側を叩いて、

「早くやれ。いそげ」と叱《しか》っていたが、それは乗艇のとき、分隊長のいるまえだけで、沖へ出ると、「櫂《かい》組め」を掛けて、雑談をしてくれる。われわれは雛《ひな》のようにたがいにからだをくっつけて煖《だん》をとり、手をこすりながら教班長の話を聞く。いつも青黒く見える大きな厳島《いつくしま》が薄く化粧をして、雪の降る海の中に横たわっている。カッターの

中にも薄く雪がつもっている。港にはドイツの潜水艦が二隻《せき》入っているのが見える。

吉見教班長の乗艦蒼龍沈没の時の話を聞く。ミッドウェーのたたかいは、あきらかに日本側の負けいくさであったと。此のミッドウェー海戦をやまとして、日本の空母はすでに、赤城《あかぎ》、加賀、龍驤《りゅうじょう》、蒼龍、飛龍、祥鳳《しょうほう》、みな無く、さいきん特空母冲鷹《ちゅうよう》も沈んだそうである。冲鷹は日本郵船の新田丸《にったまる》の改装であった由。正規の航空母艦として現存しているものは、わずかに翔鶴《しょうかく》、瑞鶴《ずいかく》の二隻のみで、これからの戦争は日本にとって、よほどの難事となるであろう、かならずしも大本営発表のラヂオの報道のような景気のよいものではあるまい、実戦に出た者がそれは一番よく知っている、みんなも自分のいのちは、およそ来年の春ごろまでのものと覚悟して、よく気持をさだめておく必要があろうといわれ、それがしみじみとした調子で、一同手をこするのも忘れてシンとして聞き入る。教班長はまた、みんなが間もなく一人前の士官となって実戦部隊に出てゆくと、自分の責任感から、まじめで熱心な人ほど、部下をしっかり締めてゆこうという気持をもつようになる。しかし事がらの中には、締めても締めなくても、大局にまったく影響のないようなこともたくさんあるもので、必要なところはいくら締めても突きはなしてもなぐっても構わないが、そういうところをよく見とどけて、一寸《ちょっと》ゆるめてやり、ある時は見て見ぬふりをするということも心得てくれ、なんにも恵まれない若い兵隊にとってそれがどんなに嬉《うれ》しいか、みんなが此のわずかな期間の、自分の二等水兵の時の気持を忘れないでやってくれと。

あとで同班に、あんなことを言うのは、教班長の下士官根性、来年の春までに死ぬなどといって、自分の将来のこともしっかり計算していると批判する者あり。自分は賛成せず。すでに見越した自分の階級を笠《かさ》に着て、そういうことを言うのはおこがましい。無用の自負をもって、謙遜《けんそん》の気持をうしなえば、きっといつか、無用のトラブルが起るであろう。

つめたくて指がしびれるが、カッターの漕《こ》ぎ工合もよほど会得《えとく》出来て来た。其のほか、発光信号、手旗、結索《けっさく》。結索は、一ツ結ビ、二ツ結ビ、舫《モヤ》ヒ結ビ、腰掛ケ結ビ。一重ツナギ、垣《かき》結ビ、引ツナ結ビなどなかなかむずかしい。厠《かわや》の掃除、洗濯《せんたく》。靴下《くつした》の上手な洗い方。段々海軍の生活も身についてくるようである。われわれの退団は、今月二十五日よりおそくはなるまいとのこと。

夕食に、あつい豆腐汁《じる》と、鰯《いわし》の尾頭つきが出た。よくのったあぶらに塩気がしみわたって、うまい。食事当番にて、鰯を一尾、自分の盛り飯の中へかくしこむ奴あり。いくらかくしても、食っているうちに魚の形が出てくるのだが、平然として食っている。これが京大で法律を勉強して来た人間のすることか。自分は彼の所業をさげすみ、且《か》つ憎む。しかし同時に、自分の心はあきらかに其《そ》の一尾の鰯を非常に羨《うらや》ましがっている。どうしてこんなに腹が空《す》くのだろう。

来《きた》る十四日に面会がゆるされることが急に決定し、今日謄写版《とうしゃばん》刷りの案内状を出した。土屋文明「万葉紀行」、萩原朔太郎《はぎわらさくたろう》全集、マッチ、メンソレータム、腹痛の薬たのむ。夜、餡餅《あんもち》一箇秘密配給。ハンモックの中で餡餅を食いながら、父母にあえることをおもい、幸福を感ずる。

一月十日

京大のO先生、E先生、高等学校のN先生などから、かたまって便りが来た。休憩時間、鹿島《かしま》、坂井、藤倉《ふじくら》等と煙草盆をかこみ、それぞれもらった葉書を持ちよって、久しぶりに万葉のはなし、大和の風物のはなしに花をさかせた。しかし自分は其のとき、他分隊の者のふとした表情から、われわれにとって日常茶飯のものであった万葉集についての会話が、他の人たちに妙に衒学《げんがく》的にきこえぬよう注意する必要を感じた。学徒出身の水兵ばかりのなかで、なおしかり。今後実戦部隊に配属されるようになって、本職の軍人や下士官兵にまじって、いたずらな学問への郷愁をかたることは、つとめて避けなくてはならない。世界に平和な日がおとずれるまで、自分のいのちが永らえることをゆるされた時の用意に、それはひそかに自分らだけで心の底にたくわえておくべきものだ。

しかし、そうはいっても、話はやはりたのしかった。大和三山や二上山《ふたかみやま》や山辺《やまのべ》の道や布留川《ふるかわ》のながれや、昨年の冬、万葉旅行でみんなで歩いた土地のことを言いあうだけでも、自分の心は此《こ》の上もなくなぐさめられた。名張《なばり》の町の旅宿で掘炬燵《ほりごたつ》にあたって、カルタであそんでいると、裏の山から鵯《ひよ》がよく、グミの赤い実をねらいにおりて来た。自分はまた、機会を得て、二月堂のお水取りに内陣で夜をあかした時のことも思い出す。「水取りやこもりの僧の沓《くつ》の音」。此の寒があけると、また奈良《なら》のお水取りがはじまるわけだ。薄氷を踏み割ると、泥水《どろみず》がやぶれた靴のなかへじとじとと浸《し》みこんで来た其の感触までが、ありありと感ぜられる。大和の風物、そして万葉集は、なんといってもわれわれが生涯《しょうがい》をかけた心の拠《よ》りどころであった。が、今となっては、それももはや単なる美しい情調、なつかしい憶い出と化したことを忘れてはならない。今はただそれをなつかしんでいる時ではなく、大伴旅人《おおとものたびと》が太宰府《だざいふ》で「沫雪《あわゆき》のほどろほどろに降りしけば」と歌った、其の僻遠《へきえん》の地での境涯を、たたかいの中でこれからじかにたどるのである。一応学問もすべて捨て去って、海軍軍人としての自分に徹し切ること。其のことが、もしいのちあった場合、自分が万葉の歌を見る眼をかならず深くしてくれる。それを信じることだ。

N先生からの便りでは、N先生は二月九日まで、東京都北多摩郡小金井町の教学錬成所に入って、「みそぎ」その他の錬成に参加される由。しかしこういうことは如何《いか》にかんがえるべきか。各高校から教授が一名ずつ参加しているそうだが、これははたして新しい時代の息吹《いぶ》きを感じさせるようなことか。たしかに必要なことか、あるいは時代に逆行する無用の愚行であるか。自分の気持としては、学園にのこった先生たちや学友が、本業をなげうって「みそぎ」にうつつを抜かしたりするより、自分たちの分まで其のつもりになって、平静に従来通りの研究をつづけてもらうことの方が望ましいような気がする。大学の研究室も灯《ひ》の消えたように淋《さび》しくなったと。伏見の輜《し》重隊《ちょうたい》、奈良の高畑の聯隊《れんたい》、鹿児島、東京、満洲《まんしゅう》などの各地から、陸軍に入った者の便りがぼつぼつ教室にとどいて来ているそうである。

一月十二日

自分の心配していたようなことが、やはり起った。二一七分隊の○○大学出身の連中のなかに、善行章四本の、海軍の主のような教班長に対し、「任官したら面倒みて上げるから、お互いに適当なところでやりましょうや云々《うんぬん》」と軽率な言をなした者があって、二一七分隊は今夕、総員木の椅子《いす》に足をかけたまま、半分逆立ちのような姿勢で前へ支え（腕立て伏せ）をやらされ、急降下爆撃といって、いきおいつけて尻《しり》をどやしつけられ、オスタップの水を思いきりかけられて、みんな足腰立たなくなったという。腕のちからが萎《な》えてしまって、支えきれなくなった者は、みな甲板《かんぱん》にながれた水を舐《な》めさせせられたそうである。其の修正のはげしさを聞いて、自分は胸をおさえつけられるような苦しみを感じた。しかしこんなことでむやみに恐怖していてはならぬ。陸軍などでは、もっとひどい理不尽な刑罰が常識のようにして行われているということだ。自分を甘やかしたり、思いあがったりせず、軍隊の真実に正面から取り組んでゆかねばならない。他分隊のことではあるが、あたらしい一つの経験として、身につけてゆかねばならぬ。

夜、オリオンのななめ左下方に、シリウスがはげしい光芒《こうぼう》をはなっているのを、煙草を吸いながらひとり眺《なが》める。

一月十四日

観兵式立附《たてつ》け。終って面会。父母来る。列車は満員にて、大阪より立ち通しであったと。母は眼をくぼませていた。十二時から十四時までの、許された二時間はまたたく間に過ぎた。なにを聞きなにを話したかも、ほとんど夢中である。自分は母が自分の水兵服姿に、なかば讃嘆《さんたん》の眼となかば憐憫《れんびん》の眼をむけるのをこそばゆく感じながら、「元気です」「頑張っています」「つらいことはなんにもありません」と、そういうことばかり言っていたようであった。文吉兄さんが、あたらしく編成された部隊に編入されて、此の八日に大阪港からどこかへ出て行ったという事を聞く。兄は伍長《ごちょう》になっていたが、四時間ほど家へ寄ることを許されて、「これが今生のわかれかも知れへん」と言って、如何にも淋しそうな様子をしていたと。装備は夏装備であったから、太平洋のどこかの島であろうという。自分のことはさほどに思わないが、病身で気の弱い、そうして三十四にもなって応召になった兄のことは心にかかる。母は愚痴をぼそぼそと言い、うちの家業は誰《だれ》に継がせたらいいのかと言う。自分は、「そんなこと、今相談を持ちかけられても、考えられるものか」と叱りつけた。しかし自分も、E先生が、「くれぐれもからだに気をつけて、自重するようにつたえて下さい」と言われたということを聞き、また父が、

「これから、許されれば、お前の行くところへ、どこへでも面会に行くよ」と言ってくれた時には、大分感傷的な気持になった。

面会所は海兵団門の右横。日がぽかぽかとあたるいい日和《ひより》でよかったが、食うことを一切禁じられたのが、如何にもうらめしかった。ぼた餅や寿司《すし》や赤飯の入っていたであろう大きな風呂敷《ふろしき》づつみをまえにして、あちらでもこちらでも、残念そうな光景が見られ、

「お父さんとあたしとで、こうやって隠してあげるから、一寸食べたら」などと、子供をかばうように言うのに対し、小声で、しかし軍隊口調で、

「駄目《だめ》であります」と答える息子、それに涙ぐんでいる若いお母さんの姿なども見られた。親の気持というものは、実にありがたいものではあるが、少しこそばゆく、且つ、これからのわれわれにとっては、或《あ》る時は重荷となって感ぜられるものかも知れない。

だが、藤倉という奴は、なんと要領のいい奴だろう。面会がおわった時、彼のゲートルはいやにふくらんで不恰好《ぶかっこう》になっていた。そして巡検後、釣床のなかへ蜜柑二箇秘密配給。自分は手をよごさずに、戦友の冒険で口腹をたのしませるのはうしろめたかったが、ありがたく頂戴《ちょうだい》におよぶ。

一月十七日

海兵団長がかわる。海軍少将鎌井高章着任。帽を振って前任を見送る。午後被服点検。釣床《つりどこ》教練。非常につらい。

自分は一週間ばかりまえの日記に、海軍軍人としての生活に徹することが、やがていのちあって戦争がおわった日に、自分の学問への眼《め》を深めてくれるであろうということを書いた。しかしそう考えるのは、結局海軍での生活を自分のための経験、手段としてだけ強く考えることで、それは海軍軍人としての生活に徹するということと矛盾するばかりでなく、こんご、われわれのからだにも心にもあまるつらい試煉《しれん》に、これでは充分に耐えてゆけないのではないかと思う。だが、自分で自分の心を誤魔化さずにじっと見つめてゆくと、自分はやはり生きて自分の本来の生活にかえることを頑《がん》固《こ》にねがっているようだ。いつか雪の日、吉見教班長がカッターのなかで言った言葉は、自分を慄然《りつぜん》とさせる。自分は自分の志した学問を深く愛した。よき友、よき先生、静かな研究室、美しい歌、それがたとい情緒的な面を多分にもっているにせよ、自分は懸命に学ぼうとし、自分の仕事に種蒔《ま》き水をほどこして来た。しかし自分はそこから未だなにものをも刈り取ってはいないのだ。自分の一生の仕事と思ったものから、一粒の実も刈り取らずに、二十三年数ヶ月の生涯を閉じなくてはならないとしたら、自分はやはり耐えがたい気持がする。未練というべきであろうか。

一月二十五日

昨日武装競技、午後茶話会があり、おわって、予備学生合格者の発表があった。自分は予期した通り、飛行科、土浦航空隊行きと決定した。一年前、自分が海軍の飛行機乗りになろうなどとは、考えてもみなかったことであった。

法科を出た米村《よねむら》、吉沢等が主計となって東京築地《つきじ》の海軍経理学校に行くほか、鹿島は一般兵科に決定し、横須賀武山海兵団行き、土浦組が最後の出発となるため、われわれは鹿島等の弁当つくりにいそがしい半日を送った。竹の皮が小さく、ほかによい包み紙もなく、かれらのために心をこめてやりたく、苦心の作業をつづける。

横須賀行きの組は、本夜半一時四十分、釣床を畳んで、一斉《いっせい》に出発した。鹿島の歌のように、いつか大学の荒橿《あらかし》の木の下にふたたび集まる日があるか。われらの生死は明日を論ずることは出来ない。海軍のわかれは、手をにぎりあうこともなく、肩をたたきあうこともなく、ただ挙手の礼をして帽子を振るばかりである。思いは胸にせまるが、鹿島ともほとんど口をきく暇なく、二ヶ月まえまで、グラウンドでボールを蹴《け》り歌をかたり哲学を論じた者たちが、一様の紺の水兵服姿で、寒夜の練兵場の土をふみ鳴らして出てゆくのを、舎外にながながと見おくるだけであった。おそらく此の者たちと再会の機はもはやないであろう。

鹿島は生来放浪性のゆたかな奴で、宮川町の茶屋の女将《おかみ》と懇意になって下宿のように入りびたっていたり、講義も教練もほったらかしにして、一ヶ月も青森県の温泉へ行っていたり、そして此の戦争に対しては、藤倉とともに、きわめて批判的乃至《ないし》傍観的であった。しかし、鹿島にのこされた道もただひとつ、勇敢に運命に耐えて、たたかいに臨むことだけであろう。自分はひとこと、乾柿《ほしがき》の礼に託してわかれを言いたかったが、出発の時、ながい隊伍のなかには、暗くて彼の姿を見いだすことは出来なかった。

藤倉と坂井とは自分とともに飛行科に決定し、土浦へ一緒に行くことになった。横須賀組の出発したあとは、釣床の列が歯の抜けたようになって、なにか不吉に見えた。午後、旅費を受け取り、旅行の注意を聞く。明朝はいよいよわれわれも出発である。

土浦海軍航空隊

二月二十日

日曜日であるが、外出はまだ当分ゆるされそうもない。朝礼後教育主任より訓話があり、予備学生の評判は中央においても各実施部隊においてもきわめてわるく、其のだらしのなさ、忠誠心の不足が部内の非難のまととなり、猿《さる》に士官服を着せたようなものだとまで言っている向きもある、お前たちはいったい本気で海軍に御奉公をする決心が出来ているか、海軍の生活を一時の腰かけだとおもっておる者はないか、父母死すとも郷里にかえるこころをおこすな、決戦下此の夏までにお前たちはみな死ね、うかうかした気持でいたら、帝国海軍の伝統に泥を塗るだけだぞ、こんご生死の間にあって、お前たちが去就にまようときは、すみやかに死に就け云々と。夏までに死ぬ覚悟をさだめておけというのではなく、ただ死ねというのだ。われわれはここでは、何か事あるごとに、死ね死ねと教えられている。いったい、戦争をやりとげることが目的なのか、自分たちを殺すことが目的なのか。ただ死んで祖国がすくえるものなら、われわれは何としてでも死んでみせるであろう。二月一日十四期飛行科専修予備学生の命課式のあった日から、自分たちは死というものにはっきり正対せねばならぬ気持になり、貧しいながらそれについての覚悟をさだめようと、真剣にこころの準備をはじめているつもりだ。しかし死ぬこと自体が目的だとは、いかにしてもおもえない。いたずらに死をいそぐことは、どんな面から考えても無意味である。右のごとき言いかたからすれば、空襲時に退避することも不忠のひとつになりはせぬか。藤倉ならずとも、教育主任のかくのごとき言辞にはつよい反撥《はんぱつ》をかんじる。すべての学業をなげうたせ、猿をかりあつめて軍服を着せたのは誰だ。

ここ土浦の生活には、いったいに思いやりのある措置というものがまったく見られない。煙草《たばこ》は厳重な制限をうけている。品物がないのではなく、自分たちの生活がすこしでも快適になってはならぬのだ。たまに吸うと頭がクラクラする。通信も週一回、葉書一枚をかぎってゆるされる。しかも先週自分が武山海兵団の鹿島あてに出した葉書は、字が小さすぎると突きかえされて来た。拇指大《おやゆび》の字で書けと。あらゆることは試煉だとおもいたい。一枚の葉書をたからもののように机上に置いて、今週は誰に出そうかと考えあぐむことにも馴《な》れたし、そこに一種圧縮されたよろこびもないことはない。しかし、書きたいことが胸にあふれているのに、スタンプのごとき字で葉書を四行に書くことまでが、有意義な試煉だと考えるほどのお人よしに、自分はなりたくない。

自分は藤倉に、此《こ》の戦争には歴史的な大きな意味があるとおもう、すくなくともわれわれの日本は、いまあきらかに存亡の危機に立っている、其のためには、われわれのあらゆる力を捧《ささ》げたいとはおもう、だが、自分たちのことを自由主義教育に蝕《むしば》まれた猿だとおもって、ヒステリックにおもいあがっている職業軍人の手に、自分たちの生命を一と束にしてゆだねることは、我慢がならないと話した。藤倉曰《いわ》く。今からではもうおそいと。俺《おれ》はもともと戦争はきらいだが、とりわけ此の戦争は、どこか根本的にまちがったものがあるような気がしてならぬ。どこがまちがっているか、はっきりとは言えないが、此の戦争が支那《しな》事変の延長線上にあることはたしかであろう。ところで支那事変とはいったいなにか。俺はかつて支那事変というものの性格を考えかんがえしてみたことがあるが、日本の上に正義があるという結論は、どうしても出て来なかった。ことのはじめから言って、日本は戦うべきではなかったのだ。そしてお互いに体面をたもてるかたちで支那事変の始末をつけるべきだったのだ。しかしとにかくもうおそい。俺にもちかい将来に死が待っているかもしれない、それは仕方がない、だが、俺は貴様のようにあらゆる努力を捧げたいなどとは、はじめから思っていないと。そういう藤倉もしかし、面白《おもしろ》いことにはいつの間にか、もう、君、僕《ぼく》などという言葉は使わなくなっている。此のことについては、機会があったら、藤倉ともっと突っこんで話しあってみたい。

午前大掃除。

散髪のすんでいない者は、大掃除後、酒保のとなりの散髪屋にゆく。一人二分間、十五銭なり。安さも安いが、其《そ》の早いこと、バリカンが三、四回頭上を往復したらおわりだ。耳に石鹸《せっけん》をつけたまま、かけあしで帰り、それより一と組ずつ順に写真撮影。帽子に白墨で大きく名を書き、それを胸のまえに抱いてうつす。頭はてらてらと光っていて、さながら囚人の写真をとるごとき観があった。

一六〇〇より軍歌。「楠公《なんこう》父子」、「決死隊」、「赤城の奮戦」等。夕暮れの練兵場を二た重の輪になって、歌って踏みしめて廻《まわ》っていると、自分たちの若い生命の躍動に自分で感動する。夕食後バスあり。よき湯で、ひさしぶりに手足をのばした。夜半二度大便にゆき、自分の日曜日は暮れた。

二月二十二日
十七日から十八日にかけて、敵機動部隊がトラック島に来襲し、其の戦況がけさの新聞に出ている。我が方、巡洋艦二隻《せき》、駆逐艦三隻沈没。輸送船十三、飛行機百二十機を喪失したと。平時なら船舶一艘《そう》の沈没は大事件であって、沈没時のくわしい状況や数々の悲話が、こまごまと紙面をかざるのであろうが、ここには事務的につめたい数字がならべられてあるだけだ。しかしわれわれも亦《また》、次第にただ数字だけを見、その数字の裏にどのような酸鼻な状況がくりひろげられたかはあまりおもわなくなっているようだ。

別科時、各分隊対抗の棒倒しがあった。われらの相手は七分隊。なぐってもよし、蹴ってもよし、死んでもよしという、すさまじい競技で、事実昨年は当隊でも死人を出したということである。兵学校の少年の真似《まね》が出来るか、馬鹿《ばか》々々しいなどとぶつくさ言っていた連中もあったが、上半身裸体、跣《はだし》の身がまえとなって、整列、笛が鳴ると、大部分の者がやはり闘犬のように闘志をもやしはじめた。人間の闘争本能、などと考えたのはあとのことである。自分は攻撃隊で、いきおいつけて突っ込んでゆくと、七分隊の坂井が、頭のてっぺんから出るような喚声をやたらにあげながら、恰好だけいそがしそうに、上手に周囲を逃げまわって右往左往しているのをみつけ、いささか本気で敵意をかんじ、おそいかかったが、坂井にはするりと逃げられ、すぐ敵味方の渦《うず》のなかにまきこまれて、間もなく林立して揺れどよめいている白い事業服の脚々のなかに首をはさみこまれ、数かぎりなくなぐられ、蹴られ、腰を踏みつけられて、幾度も眼から火を出しながらじっと我慢していると、やがてまた笛が鳴って、味方の勝利が決定した。勝ってみるとしかし、中々爽快《そうかい》なものである。あとで坂井が、多少心外のおももちで、いくら棒倒しの敵味方でも、貴様があんな形相をして俺におそいかかって来るとはおもわなかったと言いに来た。

負けた分隊では、分隊長が機嫌《きげん》がわるくて夕食止めになったところもあるそうだが、きょうは夕食牛肉のシチュー、肉が意外にたくさん入っていて、うどん粉くさいソースだがとにかくソースのなかへどっぷりつかっていて、非常にうまい。負けた分隊では、其のほか間食止め、煙草止めなどの制裁のあったところがあり、逆に、勝って、葉書一枚余分に通信をゆるされた分隊もある由《よし》。

夜、温習後学生五訓の奉唱をおこなう。これから毎晩、釣床おろせのまえに、これをやるとのことである。一同姿勢を正して眼を閉じ、当直学生がしずかに一句ずつ、

○至誠ニ悖《モト》ルナカリシカ。
○言行ニハヅルナカリシカ。
○気力ニ欠クルナカリシカ。
○努力ニ憾《ウラ》ミナカリシカ。
○不精ニワタルナカリシカ。

と読みあげてゆくのにつれて、厳粛に自己の一日を反省する（ということになっている）。Nがとなりから膝《ひざ》をつついて、

「不精ニワタルナカリシカ、というのは、何となく滑稽《こっけい》じゃないか？」と小声で言うので、吹き出しそうになったが、吹き出したらたいへんだからじっとこらえた。しかしいったいに、何彼《なにか》につけて、江田島《えたじま》の教育の真似ごとをわれわれに押しつけて来るようなところには、みんな少しずつ反感をいだいているようだ。自分もそれが気になる。ましてれっきとした兵学校出の大佐が、公用の飛行便に託して家郷へ霞ヶ浦《かすみうら》のわかさぎを送らせたりしているのを知っているにおいてをや。われわれの気持はかならずしも簡単ではない。日記も分隊長に提出する「生徒日誌」（やはり兵学校の真似）とこれとは、全然別である。分隊長の検閲をうける日誌においては、自分の精神は早くも軍神の域に達せんとしている。

二月二十六日

入隊後自分は、ほとんどはじめて性欲をかんじた。「元禄《げんろく》花見おどり」の曲をお琴で聞きながら、自分はあたたかい女の手をしっかりにぎって恍惚《こうこつ》としていたらしい。

（夢のはなしである）。自分の知っている或る特定の人の手であったわけではない。ただ女の、（顔はわからない）やわらかい溶けそうな、あたたかい手であった。すると二人の手のまわりを水藻《みずも》を曳《ひ》いて大きな錦魚《にしきうお》がゆらりゆらりと泳いでいった。「元禄花見おどり」の曲は、昨日横須賀の軍楽隊が来て演奏したものが夢にあらわれたのだ。これ以上は書く気がしない。自分は夢精した。

猥談《わいだん》をする者はたくさんいるが、訊《き》いてみると、ほんとうに性的衝迫でくるしんでいる者は割にすくないようだ。自分としてもめずらしい経験である。

三月一日

此処《ここ》の気候はたいへん不順で、黄塵《こうじん》万丈のものすごい風が吹いて、筑波山《つくばさん》は姿を消し、霞ヶ浦の水面も黄色くけぶることが屢々《しばしば》である。春の来る前兆だそうだ。「武蔵野《むさしの》の草葉もろむきかもかくも」というはげしい気象で、関西の者にはなじみにくい。きょうはしかし、大分あたたかになった。風の中で予科練たちが元気にフープをやっている。夜は毎晩、温習の中休みになると、かれらの犬の遠吠《とおぼ》えのような、黄色い号令演習の声が聞えて来る。かれらはそのあともうすぐ寝るのである。幼い夢を見て眠るのであろう。かれらの声をきき、姿を見ていると、万葉集のなかの、乳の匂《にお》いのする防人《さきもり》たちの歌をおもいうかべて、自分は胸のせまる感じがする。

われわれの方は、けさ体操の時に、上衣《うわぎ》の整頓《せいとん》がわるいというので、総員上衣を若鷲橋の下のドブ川に捨てることを命ぜられる。霞ヶ浦へそそぐ汚い小川に、順々に白い上衣を捨てて、またひろって来る。あまりに嗜虐《しぎやく》的であまりに無茶だ。夜は毛布のたたみ方がちがっているといって、総員ビンタ。自分は土浦に来て八発目のビンタである。なぐったのは甲板《かんぱん》士官。四百二十人なぐると、なぐる奴《やつ》の手がはれあがるので、副直学生にオスタップに水を汲《く》んで来させて、それで拳骨《げんこつ》をひやしながらなぐっていた。水を汲んで来た副直は、自分はなぐられずに済むとおもったのか、気の毒そうな顔をして見ていたが、最後になぐられた。いつも誰《だれ》かに見られている生活。いつも人のあらばかりさがしまわっている甲板士官の役目もつらいかも知れないが、常住人に見られている隙《すき》のない生活もたまらない。自分は大便にゆくのがだんだんたのしみになって来る。あすこは自分たちが鍵《かぎ》をかけて閉じこもることの出来る唯一《ゆいいつ》の場所だ。自分はすくなくとも五分間、完全な孤独をたのしむことが出来る。

デマあり。われわれの退隊は三月下旬なりと。外地の航空隊に配属されて搭乗《とうじよう》訓練をうけることになるかも知れぬと。行け、行け、行こう。はやく行って飛行機に乗ろう。自分のこころは常に右へ左へ大きくゆれて、矛盾にくるしんでいるが、それでも時が来たら、自分はかならず立派に死んでみせてやる。ここの生活はあまりにうっとうしい。

モールス信号に毎日あけくれている。きょうも成績不良、分隊平均八十一点七分にて、間食止めとなる。常に形而下《けいじか》的な欲望でわれわれをつって、作業にはげまそうとするのは卑劣である。自分もきょうは三字誤脱があった。「キ」の字は「―・―・・」で合調音は「キーテホーコク」だが、日頃《ひごろ》藤倉《ふじくら》が「キーテホーコク、ミテヂゴク」と言ってよく笑わすものだから、「キ」の字と「ミ」の字を取りあやまって、いかんとおもった時には、もう三字ぬけていた。

三月八日

曇天。風は南から東へかわり、ときどき太陽が顔を出す。陽《ひ》が出るとまったくもう春だ。霞ヶ浦には面白い形をした帆船が出ていて、対岸に春草のみどりが見える。練兵場中央にグライダーが四機、翼のかたむきをそろえて、綺麗《きれい》にならべてある。

本日午前の課業は滑空訓練であった。「吉野学生三十九号地上滑走出発シマス」十六回に一度、二十秒ほど乗って滑走するだけであるが、そのショックのこころよさが、空への第一歩をおもわせる。此のあいだの航空の課業では、ユンカースのなかへ入って、はじめて操縦桿《そうじゅうかん》をにぎったし、われわれの空への道がはじまることは、非常に愉快だ。それは死への一歩々々でもあろうが、くらい気持はすこしもない。暗くうっとうしいのは、日常の些事《さじ》である。

風呂《ふろ》のかえり、石鹸箱を右手に手拭《てぬぐい》を左手に持って走っていると、分隊士に出あい、狼狽《ろうばい》して石鹸箱を左手に持ちかえ、立ちどまって敬礼するに、

「なぜ走らんか」ビンタ。九発目なり。ミルクの配給あり。二回目。風呂あがりに飲むにきわめて美味《うま》し。夕食たこが出る。うまし。だが甘いものだけがもっと食いたい。食事や間食のことでは、みんなが野良《のら》犬のように眼《め》の色をかえ、いつもいがみあっている。なさけないことだが、そうばかりは言っていられなくなった。軍隊に入ると気持がいやしくなるというのと、高貴な精神を持つようになるという説とは、両方ほんとうのようにおもわれる。われわれのなかには、精神をぎりぎりのところまで鍛えあげようとする高貴さと、動物的なむき出しのいやしさとが、いつも隣りあわせに住んでいる。自分はかつて或《あ》る西洋の哲学者の書いた本の中で、「飲食其の他の肉体上のことに、あまりに長くかかずらわっているのは、品性のいやしい証拠である」という

文言を見て、まことにそうだと感じ、ひそかに自分の品性のほどを考えあわせてみて満足したことがあるが、そんない い加減な品性の高貴さが、どのくらいもろく崩れてしまうものか、いま充分に知らされている。現在のわれわれのような体験をしたことのない者が、いつかこんな言葉を自分にむかって得意げに言ったら、自分は其奴《そいつ》の鼻をかじってやろうとおもう。一と袋の砂糖菓子の貴さに、今、どうしてわれわれが長くかかずらわないでいられようか。

よろこびは風呂に入るとき。一と袋の駄菓子《だがし》を食うとき。下着のシャツを着更《きが》えるとき。陸戦の苦しい匍匐《ほふく》前進の最中にふと雲雀《ひばり》の声に気づくとき。いままで何の意識も持たなかった些細《ささい》なことに、かぎりない幸福をかんじるようになっていることを、自分は自分のこころの倖《しあわ》せとおもおう。

雲雀は風邪もひかぬらしい。生きることの喜びを満喫して、春の歌を唱《うた》いつづけている。かれらは自由だ。われわれのあいだでは、風邪が大流行にて、自分も毎朝服薬。ブロチン水。消化散中アドソルビン。

夜、温習後天体研究に参加する。昼間の雲が消えてうつくしい星空となり、「カシオペヤ」、「オリオン」、「アンドロメダ」、「ペルセウス」などを教えられる。数ヶ月ののちには、自分たちもこの星々をたよりに、敵地の空を飛ばなくてはならぬのだと考えると、ちょっと不安な気持にもなるが、星空をあおいでいると、誰もがなんとなく人なつこい憶《おも》いをさそわれるらしく、教官たちも妙にくだけてしんみりと話してくれるのがありがたかった。ダグラスやY20（銀河）、九六式陸攻、練習機などが、それぞれの音と速さで夜空を飛んでいる。赤と青の識別燈《とう》がながれ、発動機の発する紫色の尖光《せんこう》が、地上からよく見える。しかし、ラバウルからかえった教官は、これをしきりに残念がっていた。敵アメリカの飛行機には此のことがなく、日本の飛行機は此の紫色の火で、夜間空襲の際すぐ発見され、きわめて不利であると。

解散後、同班拓大出身の若月が、練兵場にむかってひとりいい気持で詩吟をやっていたら、甲板士官につかまり、

「娑婆《しゃば》ッ気を出すな」と二発くらわされて、きょとんとした顔をしてかえって来た。若月は、自分では大いに日本精神を発揚しているつもりだったのである。

三月十九日

天候はまったく不順だ。一昨晩はひどく蒸しあつく、みんな脂汗《あぶらあせ》をながして寝ていた。自分も夜半に起き出して、シャツとズボン下を脱いだが、昨夜から急に吹雪とな

り、雪が窓のすき間から吹きこんで、兵舎内に高くつもる。積雪四寸。けさは晴れた。筑波山がまっ白である。

きのうからきょうにかけて、小包がだいぶとどいているが、中身は大部分没収されて、われわれの手に入らない。自分にも一つ来たが、スコッチの沓下《くつした》を一足わたされただけで、爾余《じよ》のものは没収。

本日夕食に、赤目分隊士は出て来なかった。藤倉が食事当番にて、部屋にとどけにゆくと、机の上には、ネーブル、羊羹《ようかん》、塩煎餅《しおせんべい》、チョコレート、みつ豆の罐詰《かんづめ》等の没収品が山と盛りあげてあったそうである。夕食に来ないわけだ。藤倉は、「見ても美味そうだったぞ」と言っていた。若月はきのう、分隊士のまえで小包をひらかせられ、紐《ひも》を千切った途端に南京豆《ナンキンまめ》がザラザラと床にながれてしまい、「捨てて来い」と言われて、塵取《ちりと》りに掃きあつめてごみ焼き場へ持ってゆく途中、南京豆をごみと一緒に全部食ってしまったそうだ。そのためにちがいないが、若月はけさからひどい下痢をしている。Nには週刊朝日が来たが、これも帯封だけわたされて、中身は没収された。どうして週刊朝日のようなものまで没収するのだろう。自分はいつかは教職につかねばならぬ身だ。赤目分隊士にかぎらず教官連中の種々の態度は、それぞれの意味で参考になる。

きょうは午後、カードによって、操縦偵察《ていさつ》の希望を調査された。自分は断然操縦を希望した。藤倉も坂井も操縦にしたそうである。藤倉は平素の言動からして、いくらかでも危険率のすくない偵察を志望するかとおもったが、そうではなかった。明日は一七三〇より一八四〇まで、モールスの試験によって操偵の区分検査がおこなわれる。刀の購入申し込みもした。運よくゆけば、ステインレスの鎌倉刀か菊水刀があたる筈《はず》だ。いよいよわれわれの行く道もさしせまって来た観があるが、三月下旬退隊のデマはやはりデマに過ぎぬらしい。教官室にはちゃんと四月一杯の予定表が組んである。

三月二十六日

八時半外出整列。ズボンの寝押ししてない者、靴下《くつした》のよごれている者、鬚《ひげ》を剃《そ》らなかった者、靴のかかとが磨《みが》いてない者は、それぞれ一歩前へ。分隊長より一発ずつ修正。九時十五分ようやく上陸許可となり、各個に隊門を出て、海軍道路を一里、駅まであるく。上陸日庁舎の屋上から見ると、紺の軍服が蟻《あり》の行列のように隊門から町までつづいているのが見えるそうだ。下士官兵がきびしく敬礼して来る。こちらもはじめて士官になったようなおもいで、かたくなって答礼する。われわれは士官としての体面をたもつことは厳格に要求されるけれど、隊内では何ひとつ士官らしい待遇はあたえられていない。皮肉な観方《みかた》はしたくないが、海軍士官のユニフォーム一揃《そろ》いで、われわれが勇んで死地につくとしたら、海軍は安あがりな方法をえらんだものだ。

町の古本屋に未刊国文学註釈《ちゆうしやく》大系がそろっているのを発見したが、なんだかもう、縁の遠くなったもののような感じで、ただ見て過ぎる。あたえられた時間はみじかい、そして貴重だ、そうおもうが、気があせるだけで何をしていいかわからない。酒を飲んではいけない。飲食店に入ってはいけない。下士官兵と口をきいてはいけない。指示された区域外へ出てはいけない。考えてみるとなにも出来ないのだ。十時半過ぎ、クラブに指定された土浦館へ行ってみたが、四畳半に十人以上入っていて、せっかくの畳の部屋も窮屈で、足ものばせない。携行の弁当と花林糖《かりんとう》を平らげてしまうと、また何をしていいかわからなくなる。茶だけがすてきに美味かった。

午後自分は駅にゆき、上り下りの汽車の発着を見、「つちうらア、つちうらア」という声を聞き、入場券を買ってフォームへ入ったり待合室をうろうろしたりして、長いあいだぼんやり雑沓《ざつとう》を眺《なが》めていた。列車が到着するときの、ブレーキの焼ける匂いと便所の匂いとには郷愁がある。線路にかげろうがもえていた。此《こ》の鉄路は、京都大阪まですこしも途切れずにつづいているのだという風なことを、漠然《ばくぜん》と考える。

町の写真館で、家やO先生におくるカビネ判の写真を一枚とって帰途につく。丘の斜面に梅がいっぱい咲いて、麦畑の麦はまだみじかいが其《そ》のみどり色が美しかった。しかし腹がひどくへって、足はつかれて、なんだかひどくがっかりして帰隊。待ちに待ったはじめての外出が、こんなわびしいものだとはおもわなかった。

一六〇〇帰隊点検。軍歌。つい数年まえまでは、外出といえば食い物がふんだんにあって、帰隊後の軍歌は、「月曜カタル」をおこさせないための腹ごなしの意味があったそうだが、われわれには夢の話である。

夕食後、防空壕《ぼうくうごう》を掘るため桜の木を植えかえる作業員に出たら、土の中で蛙《かえる》が二疋《ひき》、冬眠姿のまま寝ていた。

四月一日

本日より夏日課となる。総員起し五時十五分。

滑空の訓練と、操偵区分の厳重な検査とが、本格的にはじまった。きのう生れてはじめての滞空。十メートルも飛んだか。足に無意識の癖があって、何べんやっても、足踏桿が左にかたむき、頭を下げて左旋回して着陸する。こんな事では操縦にゆけるかどうかおぼつかない。

きょうは〇七四五より、人相見が来隊していて、形態性格検査というものがあった。謄写版《とうしやばん》のインクを掌に塗って、指紋と手相をとり、次に手相、頭のかたち、顔の相を、横を向いたりうしろを向いたりして丹念にしらべられる。それから、床屋の椅子《いす》のような廻転椅子《かいてん》に乗って、猛烈にまわされ、ピタリと停《とま》ったところから真っすぐにあるいて不動の姿勢をとるまでの時間を、ストップ・ウォッチで計時する。自分は比較的優秀らしい。耳その他に欠陥のある者は、よろよろと歩き出すなりたおれて、二分も三分もけだもののように這《は》いつくばってよたよたしている。

本日より気象学がはじまる。

間食、めずらしい白餡《しろあん》の饅頭《まんじゆう》で、たいへん美味い。

四月四日
本日より艦型識別の講義がはじまる。いよいよ実戦の知識だ。戦艦「ウェスト・ヴァージニア」型、航空母艦「サラトガ」型、「ホーネット」型、巡洋艦「シカゴ」型等々。

自分はしかし、日記を読みかえしてみて不思議な気がした。ちかごろは自分にも死に対する、なにかふてぶてしい気持が出て来たとおもっていたが、三月十九日の日記に「自分は将来教職につく身だ」と書いている。頭では死なねばならぬと考えながら、こころでは無意識裡《り》に、生きてかえるのを当然のこととしているようだ。教官にむやみに死ね死ねと言われれば反撥《はんぱつ》を感じるが、自分の覚悟としては、よくよく死への道を見さだめて、こころを戒めねばならぬ時だ。

鹿島《かしま》より葉書がとどき、繰返し繰返し読む。「共に幸多く、共に潔《いさぎよ》く、意義ふかく短い生涯《しょうがい》をおわろう」とあり、鹿島もついにこんな気持になったか、まさか検閲の教官へ胡麻《ごま》すりでこんなことを書く鹿島ではあるまい、自分も鹿島におくれてはならぬとおもう。

夜、温習とりやめで、へんな人の講話を聞かされる。此のあいだは人相見が来たし、きょうは狐《きつね》つきみたいな先生が来た。皇道宣揚期成会の、文学士小原岳州先生という四十くらいの貧弱な男で、万葉集や古事記や祝詞《のりと》が話のなかにふんだんに出て来、「すめらみいくさ」とか「かんながらの道」とか「かけまくもあやにたふとき」とかいう言葉の連続で、要するに何の話か全然わからない。「かけまくもあやにたふとき」と来ると、次に皇室のことが出て来るので、坐《すわ》ったまま「気ヲツケ」をしなくてはならず、煩瑣《はんさ》なことおびただしい。いったいに神がかりで、なにか唱っているような調子だが、時々合掌して、「あアまてらすおオみかみイ」と、ほんとうに唱い出す。本気で聞いている学生は一人もなく、クスクス笑う者、岩波文庫を出して読みはじめる者、いびきをたてて寝ている者。自分も途中から居睡《いねむ》りをした。おならをする者もあった。此の全然わからない話が、蜿蜒《えんえん》二時間半におよび、おわったとおもったら、「これからみなさまに、霞《かすみ》ヶ浦《うら》の水で、みそぎをしていただきたいとおもいます」。夜の九時過ぎだ。冗談ではない。さすがに分隊長が副長のところへすっ飛び、相談の結果、「風邪が流行しておるから」ということで願い下げになった。いったい誰がこんな先生を招いたのだろう。

しかし解散になって、先生を送り出してから、「ただちに総員練兵場に集合、かけあし」、これは何か来るなとおもっていると、はたして分隊長壇上にあがり、「たといどんな話でも（さすがに分隊長も結構な話を聞いたとは思わなかったらしい）、講話の最中貴様たちのあの態度は何だ。居睡りをした者、屁《へ》をした者は全部出て来オい」

たちまち空気はシインとしずまりわたり、其の中を足音があって、二人出て行く者があった。

「未だ未だおる。全部出て来い」と。自分は足がムズムズしたが、結局出て行かなかった。分隊長曰《いわ》く。

「出て来られないのか。われわれが兵学校の生徒時分、精神講話の時間に一人屁をした者がおって、教官が屁をひった者出ろといったところ、五人の生徒が出て来、講話に来た人が感心して帰ったことがある。お前たちの精神は、丁度其の逆だ。今夜はこれから、第六分隊長が総員に活を入れてやる」

それより各分隊前後列一歩ひらき、向き合った同士で相互修正。八百長《やおちよう》のなぐり方をしているのがみつかると、

「こういう風になぐるのだ」と、ぶっ倒れるほど活を入れられる。自分の向いは若月。こいつの拳固《げんこ》はこたえる。妙なもので、したたかやられると、こちらもなにくそとおもい、「後列カカレ」の令で、充分に若月の頰《ほお》をなぐりつける。自分も若月も唇《くちびる》が切れてすこし血が出た。巡検は一時間半おくれて、二三一五となった。

四月八日

父よりたよりがあり、家の山羊《やぎ》が仔《こ》を生んだそうだ。山羊の乳がどっさり飲めるだ

ろう。また家庭菜園に豆がよく出来て、来月になれば食べられると。家の庭の豆の花に蝶《ちょう》があそんでいる情景が眼《め》にうかぶ。文吉兄からは全然消息がないそうである。

午前、航空兵器、主として航法兵器の講義。教官はニューギニヤの転進作戦から、九死に一生を得てかえって来た鷲村大尉《たいい》。日本のかかる兵器には、単なるおもいつきから性急に量産に乗り出したという不備な器械が多く、アメリカのものにくらべてまだまだ劣っているというはなしが、こころにしみる。電探、爆撃照準器等、日本はまだまだで、第三次ソロモン海戦における戦艦霧島の沈没などは、あきらかに敵の正確な電探射撃によるもので、どこから弾が来るのかわからないで狼狽《ろうばい》しているうちに、たちまち舵《かじ》をやられ、行動の自由をうばわれ、あえなく沈んでしまったのであると。「海軍が諸君に期待するところは大きいんですが、大本営報道部のような、いつまでも鳴りもの入りで、ハワイ海戦やマレー沖海戦の戦果にみんなを酔わせておくようなやり方は、困りものでしょうネエ」とも言っていた。いったいに、実戦に出て苦労して来た教官のはなしは、概《おおむ》ね謙遜《けんそん》で、妙に狂信的なところや捨て鉢《ばち》なところがない。中でも、鷲村大尉はいちばん淡々としている。いけないのは、ながいあいだ教育部隊にいて、教官ずれがして、小姑《こじゅうと》的な根性ばかりつのらせている連中だ。鷲村大尉からは、「濠洲豚《ごうしゅうぶた》」というはなしも聞かされた。ニューギニヤの密林の中

を、飲まず食わずで退却して行っている時、陸軍部隊が、美味《うま》そうな生肉をたくさん持って来て、

「濠洲豚が手にはいったから、海軍さんにも分けて上げるが食わないか」ということで、めずらしい贈り物だとよろこんでいたが、其のうちふと気がつくと、逃げて行く道のあちらこちらに、背や腿《もも》の肉をえぐり取られた日本の陸軍兵の死体が、たくさんころがっていたというはなしである。鷲村大尉は、其の人肉を食ったのか食わなかったのか、言わなかったが、もしかしたら食ったのだろう。知らずに食って、あとでそれが人間の肉だと気づいたら、其の気持はどんなだろう。それとも餓《う》えに耐えかねて、一度食うも二度食うも、という気持になるだろうか。そうなるだろうか。

午後防空訓練。雨のため舎内でおこなう。夜も防空訓練。「濠洲豚」のはなしのせいか、沈鬱《ちんうつ》な気持だ。きょうは本来なら、甘茶たのしき灌仏会《かんぶつえ》の日である。いろいろの草花で屋根をかざった花御堂《はなみどう》をつくり、中に誕生仏を安置して、下の盤に甘茶を湛《たた》えて、柄杓《ひしやく》で仏にそそぐ。こんなことは、もう自分たちから遠くなってしまった。もっとも灌仏会は陰暦の四月八日だったような気もする。そういうことも、よくわからなくなった。

四月十一日

総員おこしより、ただちに教練対空戦闘。午前中ずっと第一警戒配備なり。第一警戒配備のまま滑空訓練をおこなう。自分はやはり、左足がかたく、すぐ力が入ってしまって、機が左に傾斜してこまる。なんとかして操縦にまわりたいものだとおもう。モールスの成績が相当加味されるそうであるが、此の方はさいきんぐんぐん調子があがっているから、滑空の方だけ慎重にやれば、多分希望がかなえられるであろう。モールスは、霞空《かすくう》の赤トンボが、夜間飛行で地上とやっている発光信号なども、らくに取れるようになった。

隊内の桜のつぼみが、だいぶふくらんでいる。しかし東京以西にくらべると、花の咲くのはずいぶんおそいようだ。とにかくそれでも春が来た。われわれには来年の春はないかも知れないが、洗濯《せんたく》につらいアカギレがなおって来るだけでもうれしい。きょうは湖岸に、はじめて燕《つばめ》を見た。昼食時、郵便物をわたされる。自分には、京大のE先生、父、静岡のK、武山の鹿島からと、計四通。どの葉書にも桜のことが書いてあって、期せずして各地の花信に接する。E先生のおたよりでは、学園もあげて決戦の態勢をととのえ、法学部経済学部は島根県へ、理科系は滋賀《しが》県へ勤労奉仕に出かけ、三月に奉仕を了《お》えた文学部だけがいま京都にのこって、午前中重点講義、午後は軍事教練と自由聴講に集中した毎日をおくっているとのことである。学内の三千八百坪の休閑地はすべて掘りかえされて、テニス・コートも藷畑《いもばたけ》として更生する由《よし》。Kのいる静岡の中部第三部隊の営庭では、いま桜が満開だそうである。鹿島はいつもとすこし調子のちがうしんみりした葉書をくれた。

「三浦半島は一面の丘陵地帯で、そこここに雑木林が点在し、桜も咲いています。自分のいるところから右に、いつも青い相模灘《さがみなだ》があって、晴れた日は富士が見えます。海兵団のなかには桜はありませんが、あたらしく出来た花壇に、キリシマツツジ、ヤマツツジ、チューリップ、三色すみれ、デイジイが植えられて、あたたかい日射《ひざ》しのなかに咲きみだれ、つかれたこころをなぐさめてくれます。いつも貴兄たちのことをおもっています。私は飛行科不適で、ひとりはなれてこちらへ来たことを、いまではすこし残念におもっているようです」と。

E先生と鹿島の葉書を、藤倉《ふじくら》に見せに行ったら、彼は自分には誰《だれ》からもたよりが来なかったといって、不平そうな様子をしていた。藤倉は誰にも出さないのだから無理だ。しかし彼は、操縦にゆくことが決定したら、E先生にながい手紙を書くつもりだと言っていた。そして、検閲済の郵便物としておくることは出来ないから、なにかの伝手《つて》をもとめて、それをE先生にとどける方策を考えると言っていた。

夕食後、手箱をもってニュース映画を観にゆく。十分のニュースを観るために二十分かけあしをしなくてはならぬので、それが軍隊式だが、海陸の学校の卒業式、少年戦車兵の訓練、印緬《いんめん》国境の戦況、いずれも興味がふかい。かえりのかけあしの途中で、また藤倉にあい、

「高角砲の操作を習っていた印度兵を見たか」と彼が訊《き》くので、

「見た。あの連中、なにを考えているだろう?」と言うと、

「そうだ。実に無表情じゃないか。しかし、此の戦争からなにかいい意味をひき出すとしたら、俺《おれ》にはやはりあれしかないだろうな」

「それはどういう意味だ?」と訊くと、

「はしりながらひそひそ話をするのはくるしいよ。こんど説明する」と言い、それきりになってしまった。藤倉も口で偽悪的に言うほど要領専一ではなく、やはりいろいろと考え、苦しんでいるのだろう。しかし、同班の者とでさえ、私的な会話をゆっくりする折はすくないのに、分隊がおなじというだけでは、なかなか語りあう機会もない。

夜の温習時、分隊長より、

「軍人、ことに搭乗員《とうじょういん》は、戦死後自己の遺品はすべて他人の世話になるものであるから、ふだんから所持品には充分の注意をはらっておかなくてはいけない。日記なども、つけるのはいいが、プライヴェイトなものとはいえ、いつ誰に披見《ひけん》されることになるか、まったくわからない。自己の死後を傷《きず》つけるようなことは、なるべく書くな」という注意があった。わりに丹念に日記をつけている自分は、すこし気持が動揺した。死後此の日記を読まれたら、自分は同期生や教官や部下たちのものわらいになるであろうか。もとより海軍は、女学生があこがれているような、完璧《かんぺき》な社会でも、うるわしい社会でもない。それにたいする其の時々の真面目《まじめ》な批判は、自分は書いて差しつかえないものと信ずる。しかし、自分の日記には、自分のすすむべき道のけわしさにくらべて、あまりに弱々しい、あまりに不安定な自分のこころが、すこし露骨に出すぎていはせぬかをおそれる。自分のかんずるとおり、意志するとおりを書いて、なお恥じなくてすむように、出来るだけ自分をきたえあげねばならぬとおもう。――だが、こういう風に書きながらも、三太郎日記にあったように、「嘘《ウソ》ヲツケ」という自省が一方で、ちくりちくりとペンを持つ手にひびいて来るような気がする。いつわりのない立派な日記をのこすということは、よほどむつかしいことにちがいない。結局やはり、自分は正直に、弱々しいこころの消え失《う》せるまでは、弱音をはいて、大学で万葉集を勉強して来た一人の学徒が、弱いこころになやみながらも、とにかく祖国のいしずえとなることを信じ、一生懸命な気持で死んでいったと見てもらえれば、それで本望としよう。そのために自分の死後が傷くものなら、それは仕方がない。もっとも、明日出撃、生還は期しがたいという風にわかったときには、此《こ》のノートなどは燃してしまってもかまわないのだ。

四月二十三日

自分にしらみがわいた。ただのしらみではない。おどろくべきことである。此の種のしらみをわかすのは、性病の一種であるという説がある。しかし、自分は女に接したおぼえはない。風呂《ふろ》でうつって来たことはあきらかだ。便所へしのんで、こっそりあらためてみると、毛の根にふかく、モゾモゾと脚の生えた薄い色をした、見えるか見えぬかほどの、はなはだ好もしくない小動物が、たくさんじっと喰《く》いこんでへばりついている。爪《つめ》で掻《か》きだしてつぶすとプチンと音がして血が出る。まことに、どうも、憂鬱にならざるをえない。自分だけではなく、ほかにも相当数の学生が、みっともない恰好《かっこう》をして、しきりに股間《こかん》を掻いている。

午前、陸戦教練のとき、早速、Nが分隊長より、

「どこを掻いておるか」と怒鳴りつけられた。Nはまっ赤になりながら、それでも腹に据《す》えかねたらしく、

「下士官バスで、毛じらみがうつりまして……」と弁明しようとしたが、するとこんどは、

「なさけなそうな声を出すな」と叱《しか》られた。だが、分隊長もさすがにおかしさを噛《か》みころしたような顔になり、

「なぜすぐ受診に行かんか。早速行って水銀軟膏《なんこう》をもらって来い」と。

Nは、

「ハイッ」と言って、挙手の礼をし、拳《こぶし》をただしく腰にあててはしり出そうとしたが、

「馬鹿《ばか》。だれが陸戦の最中に毛じらみの受診にゆけといったか」と、たちまち一発修正。Nはすっかりあがってしまって、ますますまっ赤になり、気の毒であった。

そこへゆくと、やはり、下士官教員の方は庶民のこころである。

「吉野学生も、毛じらみば、わかしとるじゃろう」と言って、にやにやしている。自分もNと同様まっ赤になった。学生隊附教員岡本一等兵曹《へいそう》は、そのあとの休憩時間に、得意になって、この種のしらみにかんする蘊蓄《うんちく》をかたむけてくれた。

曰く。毛じらみは恰好が蟹《かに》に似ているので一名カニジラミともいい、動作のすこぶる不活潑《ふかっぱつ》な奴《やつ》で、ほっておけば、毛の根で皮膚に喰いついて、なんにちでもじっとしている。しかし、すこしあつい湯にはいると、おどろいて泳ぎ出す奴がいて、それが湯の上を遊弋《ゆうよく》するので、そこがたいてい男子の陰部の高さにあたるから、また別の人間に喰らいつく。みんなはこいつが少々わいたといって、赤くなったり青くなったりしているが、水の不自由な艦隊勤務、ことに駆逐艦のケンバス・バスなどでは、いったんこれがわくと乗組員総員に伝染し、だれも羞《は》ずかしがったり気にしたりする者はありはしない。眉毛《まゆげ》から頭髪にまでこれがあがって来ると、いのちがあぶないというが、そんなことはめったにないので、古参の下士官などは、みな、浴後陰部を海の夕《ゆう》陽《ひ》にさらして、爪楊枝《つまようじ》でほじくり出して、六、七匹ずつ退治するのを快とし、水銀軟膏で全滅させてしまうような不粋な人間はいない。しかしどうしても全滅させたかったら、やはり水銀軟膏がもっともよろしく、毛を剃《そ》ることは絶対に禁物である云々《うんぬん》と。

午後の別科は相撲。隊内の桜がようやく満開だ。菜の花も咲いている。しかし、まわしを締めても、桜が咲いていても菜の花が咲いていても、痒《かゆ》いものは痒い。自分は岡本一等兵曹のような粋《いき》なこころは持ちあわせがない。あすは断じて病室へ行って、水銀軟膏をもらって来なくてはならない。

四月二十九日　天長節

朝、雨。七時半ごろより非常な快晴となる。外出なし。遥拝式《ようはいしき》、おわって御写真奉拝。坂井は、「第一種軍装に威儀をただして御写真を奉拝すると、自分はたいへん荘《そう》厳《ごん》な気持がし、身がひきしまるような感じがするようになった、自分はたしかにかわって来つつある、これはよろこぶべきことだとおもう」といっていた。或《あ》る程度、自分も同感である。

午前、相撲。雨後の芝生の緑がきわめてあざやかで、そのやわらかい草のうえに、桜の花びらがいちめんに散りしいている。踏むのも惜しいような気持で、そっとあるいてゆくと、水をふくんだクローバーが、足にこころよいふんわりとした感触をつたえて来る。

午後積乱雲を見る。気候、にわかに夏のごとし。一六〇〇より部署教練。夜、自由温習。今週の一枚の葉書を、鹿島《かしま》にあてて書く。

五月五日

本日操縦偵察《ていさつ》の組わけの発表、ならびに任地の決定があった。自分は操縦ときまり、こころから愉快をかんずる。けしからぬ病気は、水銀軟膏で完全に治癒《ちゆ》した。心身爽《そう》快《かい》である。操偵おのおの半数ずつにわかれたが、坂井も藤倉も操縦だ。全国三十万の臨時徴集中より、約九百名の海軍航空隊の操適で、えらばれて其《そ》の中に入ったことを、光栄とせねばならぬ。好むと好まざるとにかかわらず、日本の運命を左右し、戦局の帰《き》趨《すう》を決定する大きなメカニズムの最重要部分に、歯車のひとつとしてわれわれは組みこまれたのである。行く先は、陸上機は谷田部《やたべ》、美保《みほ》、出水《いずみ》の各海軍航空隊で、自分らは出水と決定。過半数――約六百名が出水ゆきである。出水は、熊本と鹿児島の中間の、鹿児島本線に沿う小さな町だそうだ。

われわれは負わされた大任を、かならず立派にはたしてみせる。戦局を悲観的にばかり考える必要はない。十三期の飛行予備学生が、現在の態勢をささえて頑張《がんば》る。そしてわれわれ十四期がこれをもりかえすのだ。ちまきも鯉《こい》のぼりもない節句であるが、男らしいほこらしい気持をおぼえる。日常生活においても、こんごは通信も自由になるだろう。食事もいいかも知れない。任官もちかづく。じめじめした気分は一掃されるであろう。あまり都合のいい夢ばかりえがいていると、またがっかりするようなことになるかも知れないが、此の土地をはなれることが出来るのは、まず第一番のよろこびである。十四日には面会がゆるされる由。分隊長によれば、これが両親にあえる最後の機会となるかも知れないから、元気で会って、充分歓をつくし、おはぎでも赤飯でも、うんと食って来いとのことである。

奇《く》しくも此の、操縦決定の日のあけがた、自分は不思議な夢を見た。迷信というものをほとんど信じない自分であったが、いまよりのち、自分は魂の遊離ということを、どうしても信ぜずにはいられない。自分は大阪の家にかえって、自分の部屋の本箱の扉《とびら》をひらき、二段目の右はしにあった「勤皇詩集」を出して読んだ。家の者には誰にもあわなかったが、本箱のガラスにはってある青いカーテンの色が、ありありと眼《め》にのこっている。もっともこれだけなら、ただの夢にすぎないが、此の本は、自分が大竹入団直前に買って、とうとう一頁《ページ》もひらかずに置いて来た本なのである。それを自分は夢のなかでひらき、無名の一詩人が乃木希典《のぎまれすけ》将軍親子のことをうたった「三典歌」という詩を、はっきりと読んで来た。乃木希典、勝典、保典の親子の武勲をうたい、また明治大帝に殉死する父将軍が、さきに散った二人の息への心緒をうたったものので、ことに、

平生感荷す先帝の恩
何ぞ忍びんや故郷の園に帰去するに
新朝乏しからず補袞《ほこん》の器
老脚敢《あへ》て追ふ登遐《とうか》の轅《ゑん》

児や児や何《いづ》れの処にか在る
我汝《なんぢ》の死に後《おく》るること既に八載
今聖駕《せいが》に扈《こ》して母とともに来る
慚愧《ざんき》す汝をして久しく相待たしめしを

という数句は絶唱であって、自分はこれを夢のなかであざやかに記憶し、あまりに不思議におもって、けさ、たまたま若月が此の「勤皇詩集」をもっているので、借りて頁をひらいてみるに、夢のなかの記憶とほとんど一字一句ことならず、異様の感に打たれた。自分は、自分の魂が夢中に遊離して、郷里の家にかえったと考えるよりほかに、解釈の方法をもたない。われわれの魂が、夢のなかで、此のように、肉体のなし得なかった行動をしめし、知覚をはたらかすとしたら、われわれの死後も、肉体の消滅とともに、複雑なこころの動きがまったく其の機能をうしない、消えうせてしまうかどうかは、はなはだ疑問である。自分はそうおもって、あるよろこびと勇気とを感じている。睡眠というものと、死というもののあいだには、たしかになんらかの親近性がある。これらのことは、かならずしも科学を超越したことではないかも知れない。むしろ将来、科学の立証すべき命題であるかも知れない。こんにちの科学がそれを説明し得ず、否定的な見解をとっているからといって、一概にそれを迷信だとおもうわけにはゆかないのであって、すくなくとも、自分は自分自身の、けさの夢の不思議を否定することは出来ない。

＊　　＊

藤倉　晶の手記

昭和十九年五月　土浦海軍航空隊

E先生。

先生からいくどかなつかしいおたよりをいただきながら、こちらからは、大竹入団直後簡単な御挨拶《ごあいさつ》をさしあげたきり、絶えて御無沙汰《ごぶさた》にうちすぎている非礼をおゆるしください。

吉野や坂井のたよりですでに御承知かと存じますが、ここでは、週一回、一人葉書一枚かぎりの通信しかゆるされておりませんので、それがこのことに対する申しひらきのひとつでございますが、そのほかに、私としてはあえて先生に御無沙汰をしているわけがありました。相手が私の父母弟妹である場合には、教官の検閲を通過して発送される郵便物に、その範囲でしたためることの出来る事実だけを書いて、自分もこころを安んじていることが出来ますが、先生にたいしては、そういうつわりの葉書をさしあげる気が私はしなかったのでございます。おなじ気持から、したしかった友人たちにも、私はほとんどたよりをせずにすごしてまいりました。

グライダーに乗り、おもい機関銃をかつぎ、ふといカッターのオールをにぎって、とにかく元気で毎日はしりまわっていること、体重も十七貫四百にふえ、健康状態は上々であること、ときどき、小川亭《てい》でトンカツを食べながら先生と議論をたたかわしたことをおもい出したりしていることなど、私も一、二度書きかけたことはありますが、そのたびに妙に白々しい気持がおこって、下書のままやぶって棄《す》ててしまいました。小川亭のトンカツをおもい出すのも、目方が十七貫四百に増えたのも、みんなほんとうではありますが、そんなことを書くよりも、私には、もしかしたらもうあまり長くない寿命の尽きるまでのあいだに、せめて先生にだけはうったえておきたい、真実のおもいがあるような気がされるのです。

それで、とあらたまって申しあげるほどのこともないかも知れませんが、私はこれから、この手紙とも感想文ともつかぬものを、時間の余裕をみつけた時にすこしずつ書きためて、まとめて先生におとどけしたいとおもいます。ひとり、ゆがんだおもいを胸にかくした者の、ほかにうったえようもない愚痴として、先生のおこころに受けとめていただければ、私はしあわせに存じます。これはむろん、検閲を受けて郵送出来るような性質のものではありません。しかしもうしばらくすると、私たちはこの土浦航空隊を去って、遠く鹿児島県の出水という町の、練習航空隊に移動いたします。その途中、東京は品川、関西は京都か大阪か神戸の駅で、短時間家族との面会がゆるされる筈《はず》です。そのおり、だれか信頼出来る人の手に託して、これを先生におとどけする機会がめぐまれるのではないかとおもい、それをたのみにして、きょうからこれを書きはじめるわけでございます。

私たちが海軍の生活に入ってから、きょうでちょうどまる五ヶ月の日がたちました。私はいま、ここで、まったくの孤独をあじわって暮しております。軍隊生活の孤独とは、きわめて特殊なもので、何百何千の人間の裸の肉体に、日々夜々肩を接して、にぎやかに、ときには騒々しく、いそがしく暮しながら、その繁忙からふとのがれた瞬間、つねに、空寂閑々とした曠野《こうや》にひとり在るような、耐えがたいさびしさがひしひしと身にせまって来るもののようにおもわれます。自分のこころがどこへもしかとは結ばれず、ただの一度も自分の本心を深く告白したことがない。それは、寒夜、百万遍の下宿の二階の四畳半で、ひとり書物をひらいて、自分の仕事がひろい世界につながっているというほこりを持ちながら、火鉢《ひばち》に手をかざして勉強していたときのひとりぼっちとは、まったく性質のちがったひとりぼっちでございます。

坂井と吉野がいっしょに暮していることが、私にとっては唯一《ゆいいつ》のなぐさめでありますが、なかなか打ちくつろいでかたりあう機会もなく、それにこの二人も、それぞれの仕方で、この五ヶ月のあいだにはずいぶんかわりました。また実際、ここは人間が、かわらずに生きてゆけるようなところではありません。私たちは、万葉のはなしも、もうほとんどしあわなくなりました。くるしい試煉《しれん》のなかで、みんなはなんらかのこころの拠《よ》りどころを見いだそうと、せい一杯の努力をいたしております。けっして皮肉めかして書くのではありませんが、吉野も坂井も結局、私にくらべれば、どれほどか謙遜《けんそん》で素直なこころの持ち主だと、私はかんじます。軍人として、海軍の士官として生きてゆくうえに、なかんずくつねに眼のまえに立ちふさがって来る黒い死の影と対決するために、なにかひとつのしっかりした自覚を持たねばならぬという、素直な受け入れの姿勢で、むしろすすんで自己を改造したいとおもっているところへ、教育主任や各分隊長や飛行機乗りの教官から、そして御存じのような調子の日々の新聞や、都合よくえらばれた書物の活字から、繰返し繰返し吹きこまれることは、聖戦の完遂、栄《はえ》ある若人の責務、帝国海軍のかがやかしき伝統、八紘《はっこう》一宇の理想という風なことがらばかりです。坂井も吉野もけっして盲目的な狂信的な連中ではありませんでしたし、いまもかならずしもそうだとは申しませんが、こういう題目を繰返し説かれているうちに、はじめは批判的であり疑わしげであったものが、次第に多少の意味がなくはないとかんずるようになり、相当もっともだとおもうようになり、しまいに、まったくそうでなくてはならぬ、いままで足りなかったのは自分たちの自覚であったと信ずるようになる、そういう傾向があるのではありませんでしょうか。いつまでたっても疑いの気持をすてることが出来ず、教官から要求されるような精神の姿勢がとれず、そうかといって自分のゆくすえをたしかに考えさだめることも出来ずにいるのは、かたくなな こころを持った私だけでございます。あの気の弱い坂井は、むしろ気が弱いからこそともいえましょうが、げんにちかごろ、「天皇に帰一し奉《たてまつ》る」ということの深い意味がわかって来たといい出しております。「天皇帰一」の大精神がわかっていなかったのだから、民族の歌としての万葉集も、結局ほんとうには味読出来ていなかったのだという説をさえ、彼はなそうとしています。

また、数日まえのこと、吉野は厳粛な顔をして私に夢のはなしをしにまいりました。彼の魂は睡眠中に彼の肉体をはなれて大阪の家へかえり、まだ一度も読んだことのない「勤皇詩集」を披読《ひどく》し、その詩句をはっきりとおぼえて来たと申しております。吉野は感動しておりました。あるいはもう、このことを葉書に書いて先生にさしあげたかも知れません。しかし私にとって感動的であったのは、むしろ、そこまでおもいつめて、自分の殉国のこころざしをかき立てねばならぬ、自分をきたえあげねばならぬと考えくるしんでいる吉野の気持でございました。むろん彼は、嘘《うそ》はすこしもいっていないとおもいます。それは吉野の顔つきでわかります。しかし、なつかしい大阪の家へかえって、したいこともたくさんありましたでしょうに、彼がわずかに読んで来たのが、「勤皇詩集」のなかの、なんとかいう、乃木大将の殉死をうたった詩であったことは、たいへん象徴的であると、私はおもうのです。さらに面白《おもしろ》いのは、吉野の同班に、若月という拓大出のとぼけた男がいて、その男がその同じ「勤皇詩集」一巻を、ずっと以前から持っていたことです。無断外出をした彼の魂が、土浦航空隊の厳格な衛兵司令につかまってビンタを喰《く》らわされなかったのはさいわいですが、私には、まえに見てすっかり忘れていた詩の文句を、夢のなかで彼が突然おもいおこしたと考える方が、魂が遊離して大阪旅行をして来たと考えるよりは、よほど合理的におもわれます。

いまから一ヶ月ほどまえ、皇道宣揚期成会の小原岳州という男が、私たちの隊へ来て、全然神がかりのわけのわからない話を二時間半やって、学生総員の嘲笑《ちようしよう》を買いました。ちかごろはやりの、先生がよく悪口をいっていらしたのと同類の、神がかりの指導者のひとりで、吉野も坂井も馬鹿《ばか》らしがっておりましたけれど、だんだんこんな風になってまいりましては、小原先生ばかりをわらってはいられないと私はおもうのでございます。それに、この小原某などのは、そういう神がかりの演説とみそぎの実演とをやって、海軍陸軍の教育部隊や学校をまわりあるいて、よろしく利益をあげているので、本人ははらのなかでは案外正気で、舌を出しているのではないかとも私はうたがうのですが、坂井や吉野の場合は利害打算はありませんので、よけい気がかりにもかんじられるわけでございます。

――E先生。私は大学の研究室で、先生がたのよき教え子ではありませんでした。いつも自分をよそおうこと多く、あるときは高慢な気持で先生がたのお説に議論をいどみ、あまり可愛《かわい》がられたという記憶がございません。私はよく、ほかの誰彼《だれかれ》のようなあけっぱなしの、あかるい素直なこころになりたい、ならねばならぬとおもうことがございました。しかし、いままでは、私は自分のこの素直でない、謙遜でない性質を固守しようと決心しております。ここでこのような生活をしながら、この戦争はわれわれの祖国がわれわれにあたえた大使命だなどとおもいこまないでおくためには、そして、死ぬことによって祖国がすくわれるなどとおもわないためには、よほど充分にひねくれている必要があると、私はかんじます。いつか時代はかわるでしょう。しかし私たちのこのようなあわれな気持は、私たちの前の時代の人にも、のちの時代の人にも、永久に理解されずにおわるものかも知れません。私はそれでも、私たち三人だけで顔をあわせたときには、吉野や坂井に、ものの考えかたを強《し》いてそのように、急速に曲げてゆくことが、いかに阿呆《あほ》らしいかを、出来るだけつよい調子で申したてます。彼らは考えこみ、「貴様のいうことももっともだ」といい、そして海軍の生活、戦争の生態の、ある面にかんしての批判では、意見の一致することもございます。しかし彼ら、殊《こと》にこういう場合吉野は、「だがとにかく、いまとなっては、日本がこの戦争を勝ち抜かねばならぬ、民族の存亡をかけてたたかい抜かねばならぬということは、日本国民のひとりとして受けている、反対する余地のない至上命令だ。ひとりひとりが勝手なことをいって、そっぽを向き出したら、国は瓦解《がかい》する」といって、一歩もゆずろうといたしません。私は吉野の真剣な表情に面とむかっていると、あるたじろぎをおぼえます。たしかに、どんなあやまった戦争にしろ、戦争はげんに「進行中」でありまして、私ひとりがそれに対してこころのなかに否定的であるからといって、歯車のひとつとして脱落したいとおもっているからといって、それでは具体的にお前はどういう態度をとろうとおもうのかと問われれば、私には答えるすべがありません。自分だけの保身をはかるということが考えられますが、いくら私が要領がよくても、海軍の飛行機乗りとして、ひとり死をまぬかれるということは、相当なむずかしい事でしょう。敵をたおさねば自分が殺されるというのではなく、敵をたおしてもたおさなくても自分は抹殺《まっさつ》されてしまう、自分が死ななければ友が死なねばならぬというのではなく、友も自分も誰も彼も、すべて死ななくてはならぬという、そういう全面的なはげしい状況が、こんご私たちの運命になるだろうと存じます。私は、覚悟などむろんすこしも出来てはおりません。

こういうことばかりかんがえております私が、なぜすすんで操縦を志願したか、それを先生に説明いたさねばならないのですが、このことは、もうすこし自分の気持が整理出来てからでなければ、書く勇気がありません。しかしすくなくともひとつの理由は、何にすすんだところで、結局自分の生死がそんなに自在に切りさばけるものか、露骨にいえば、偵察《ていさつ》を志願したからとて、それで生きてかえられるという保証はなにもないという、そんな多少なげやりな気持からであったようにもおもいます。

――先生。このきたない鉛筆書きの手紙が、先生のお手もとにとどいたら、先生はずいぶん迷惑にお思いになるのではないでしょうか。第一に読みづらくて御迷惑であろうとおもいますし、第二にこんなものを身辺にとどめておかれることに身の危険をかんじられて御迷惑だろうとおもいます。お読みくださったら、どうぞ焼却していただきとうございます。しかし私は、ずいぶんくだくだしいことを書いているとはおもいますが、自分が特別危険な不道徳な考えを述べているとは、すこしもおもいません。この程度のことを考え、言い、書きとめることに、このような不自由と危険とをおかさねばならぬ、そういう時代から、はたして新しいよき文明がうまれるものでしょうか。書き出した以上、はっきり申しあげますが、この戦争は日本の負けにおわるだろうと、私はこのごろある程度確信するようになってまいりました。先生はそうお考えにはなりませんか。私たち教育の途上にある、いわば十把《じっぱ》ひとからげの予備学生にも、とにかく士官に準ずる資格で身を軍籍においているという、そのことだけで、おそらく学園のE先生たちが御存じない、なにがしかの機密事項らしいものが始終耳にはいって来るのですが、それから判断すれば、すでに日本と米国とのあいだには、物資の量においてちょっと想像もつかないほどの懸隔が生じていることは、おおよそうたがえない事実のようでございます。日本はミッドウェーの海戦で、航空母艦の主力をほとんどうしない、ソロモン海域の空戦で、開戦当時世界一の技倆《ぎりょう》をほこっていた名人気質《かたぎ》のパイロットたちは、九割九分まで戦死してしまい、超弩級《どきゅう》戦艦の大和や武蔵《むさし》は、海戦の様相の変化から、その性能を発揮する場所をなくし、それにくらべてアメリカ側は、レーダーその他科学兵器の優越をほこりながら、着々非常に大規模な新しい軍備を充実させつつあって、南東方面の日本の防衛線は急速に後退しつつあると申します。搭乗員《とうじょういん》の生命をすくうことには、つねに全力をつくすというアメリカ海軍と、いまになっても、搭乗員の心得はひたすら死に就くことだと教えている日本の海軍の戦力が、このように逆転して来たことを、私は皮肉だとおもいます。このいくさが、忽《こつ》然《ぜん》として忠臣あらわれて、その旗の下に祖国が勝利にみちびかれるというようなロマンチックな戦争でない以上、もはや日本は、この頽勢《たいせい》を敗戦にまで持ってゆくより、ゆきどころはないような気が私はいたします。そしてそれは、十年戦争とか、まして百年戦争とかいわれる、そんな長いさきのことではないような気がするのでございます。おそらく三年以内くらいに、戦争はおわるのではありませんでしょうか。そのときまで、もしも私たちが何とか生きのびていたら――ときどき私はそれをちらりと夢想いたします。坂井も吉野も、全国三十万といわれる臨時徴集の学徒たちは、みんな戦争という催眠術から眼《め》をさましますでしょう。私たちがそのとき住むのは、敗戦国の日本であるとおもうと、さすがに私もかなしい気持がして、その社会のありさまを想像することも出来ませんが、それでも私たちは、なんとか先生たちのもとへ、なつかしい京都の大学へかえってゆくことが出来るとおもいます。しかしこれは所詮《しよせん》夢想で、先《ま》ずはあり得ないことでございましょう。三年さきまで私たちがいまのままで生きているとは、私といえども信ずることは出来ません。

——先生。このつたない手紙を、温習のあい間あい間に教官の眼をぬすんで書きためて、もう十日になりました。一昨日からきょうまで三日間は、私たちはここから七里半ある、筑波山のふもとの小幡《おばた》村という村へ野外演習に行ってまいりました。出発の朝は、四時半の起床で、私たちは雨衣を肩に背負い、雑嚢《ざつのう》、水筒を腰につけ、三八式（つまり明治三十八年から全然進歩していない古い）歩兵銃を手に、暁闇《ぎようあん》の号令台まえに整列して、教育主任の、「諸子のこの隊装は、マキン、タラワ、およびアリューシャン列島に玉砕せる戦友たちと、まったくの同装である。こころをひきしめ、意気と熱とで、この三日間の野外演習を頑張《がんば》り抜け」という、さけぶような訓辞をうけました。おおくの者が、この言葉に緊張をおぼえ、なにくそやるぞという気持に燃えたったようでございます。そして事実、私たちはよく頑張って、一名の落伍者《らくごしや》も出さずにかえって来ました。しかし私にはこんなことも、やはり奇妙に考えられるのでございます。悪い装備で敵の圧倒的な火力のまえに、あわれに全滅した部隊の人たちと、その装備がおなじだということが、悲惨でこそあれ、どうしてそのように感動的で、私たちの張りきるよすがになるのでありましょうか。なにかしら、すべてのことが逆立ちをしているように、私には感じられてなりません。

こちらの方面へ、先生は旅をなさったことがおありだったでしょうか。筑波山のふもとの裕福そうな村々には、桐《きり》の花と藤《ふじ》の花がうつくしく咲いておりました。田にはげんげが咲いて、蛙《かえる》が鳴いておりました。巻の十四に出て来る歌々の土地でございます。私は栗《くり》の木の下に伏せをして、山椒《さんしょう》の葉をちぎってそれを嗅《か》ぎながら、「筑波嶺《つくばね》の石《いは》もとどろに落つる水世にもたゆらに我が思はなくに」という一首を、なんということなく思い出しておりました。かえりは猛烈な追撃退却戦で、銃は肩の肉に喰いこみ、事業服は完全に泥《どろ》だらけになり、顔からは塩が吹き出しました。脚が棒のようになるという言葉が、まったく実感のある形容だということもわかりました。それだけに、航空隊へかえりついて、洗濯《せんたく》と掃除当番とをすませ、入浴後一と袋の砂糖菓子にありついたときの幸福感は、たとえようもありませんでしたが、私の同班の学生が、菓子を食いながら、「つらかったけど、実にいい経験だったな」といっているのを耳にすると、私はまた突っかかりたい気持にとらえられ、それを抑えるのに苦労せねばなりませんでした。つらいこと、苦しいことがいい経験になるというのは、ながい生《しょう》涯《がい》を約束された人のいう言葉ではありませんでしょうか。私にはいまの生活の、つらい苦しいことは端的にただつらく苦しいだけで、それが自己の将来によき収穫をもたらすなどとは、おもうことが出来ないのでございます。

——先生。私はこの手紙の最後の部分を、いま汽車のなかで書いております。きょうは五月二十五日、あすのあさ五時ごろに私たちは京都を通過する筈《はず》でございます。先生は北白川のお宅で安らかに眠っておいででございましょう。列車はいまちょうど小田原と熱海《あたみ》のあいだを、ひだりに海を見ながらはしっているところです。鹿島のいる三浦半島が、ひくくかすんで見えております。さきほどは、線路にそうて、万葉の講義でしたしいギシギシがたくさん咲いておりました。あさってからは、私たちは南九州の出水《いずみ》で、いよいよほんとうの飛行機乗りの生活をはじめます。

なにかこころせかれるままに、前後脈絡もないこと、おもいつくまま長々と書きつらねましたことをおゆるしください。私たちの家族との面会は、何度も変更になったすえ、結局明朝姫路の駅と決定いたしました。私には父があいに来てくれる筈でございます。父はE先生やO先生も尊敬しているけれども、同時に天皇陛下や帝国陸海軍をも、こころから尊敬しているという人です。多少の気がかりがないこともありませんが、やはり私はこれを父に託して、先生のお手もとにとどけてもらおうとおもいます。もし、教官の眼がきびしかったりして、それがうまくゆかなかった場合は、列車の便所のなかで燃してしまうつもりです。さいわいにお手もとにとどいたら、まえにも書きましたように、御一読いただいたあとは、どうぞ処分をおねがいいたします。いま、吉野はすぐそこの席で、同班の者と子供みたいに、ハンケチの天下取りをしてあそんでおります。坂井は箱が別で、ここからは姿が見えません。それでは先生、また書けるときまで、私は御無沙汰《ごぶさた》をいたします。さようなら。いつまでも御健勝で、くれぐれも御自愛のほどをねがいあげます。

＊　＊

出水海軍航空隊

六月三日（吉野の日記のつづき）

飛行機がわれわれの生活のいっさいとなりつつある。

航空勤務日誌、航空記録はすでに受領した。油のしみのある飛行服、飛行帽、それに半長靴《はんちょうか》、眼鏡、ライフ・ジャケツをつければ、外見はみんな、もう堂々たる帝国海軍の搭乗員である。

日課はきびしい。朝はここでは〇五三〇総員起し、それより二分で整列。二段ベッドのうえで毛布をきれいにたたんで、靴《くつ》の紐《ひも》をしっかりしめて二分間で整列をおわるためには、二秒三秒の時間をあらそわねばならぬ。行動はすべて早がけ。いつか予科練の映画で、彼らがひとつの行動から次の行動へうつるのに、気ちがいのごとくはしっているのを観《み》て、映画用のよそいきの場面だろうとおもったことがあるが、よそいきどころの沙汰ではない。飛行機乗りは、つねにこころのなかを綺麗《きれい》にしておかなくてはいけない、一点のくもりがあっても、操縦はかならずみだれるそうである。許婚者《いいなずけ》のある者のなかから、事故者が多く出ているそうだ。死とつねに切線で接触している生活だ。申告も、声をかぎりにさけぶように言わなくてはならない。すこしでも気をゆるめていると、事故よりさきに、ビンタの嵐《あらし》が来る。十三期の予備学生がはやくも任官して、水上機の分隊士として来ているが、手荒く殺気立っていて、われわれの怠慢をみつけると、

「十四期の学生待て」をかけてすっ飛んで来、「予備学生の恥をさらす気か」となぐりつける。

搭乗の組分け決定し、本日第十組山口教員機に同乗、初の慣熟飛行をおこなう。一

○四五、「カカレ」の令で、自分は飛行機めがけてつっぱしってゆく。おしえられたとおり、沈着敏速に行動したつもりであったが、やはりうろたえていたとみえて、空へあがってから、手袋をつけていないことに気づいた。高度二〇〇。七条駅前の丸物百貨店の八倍くらいの高さだが、格別高くのぼったというかんじはない。ただぽっかりと、自分のからだが空中に浮いており、むしょうに自分を祝福したいような、よろこばしい気持をおぼえる。前方に、坂井が同乗した江尻《えじり》教員機がうかんでいる。どちらを向いて飛んでいるのか、方角の見当がちょっと立たないが、気を落ちつけてよく見ると、山の緑を背景にして、徐々に自分の位置がかわってゆくのがわかる。水のながれ、土地の区《く》劃《かく》、道路、格納庫、くっきりとした幾何学的な模様、其《そ》のなかに黒豆のように人の姿が点在している。下界の畑は麦の秋だ。やがて旋回点でまわって海のうえへ出ると、天草の島々、其の海岸の線のうつくしいこと。島のまわりをとりまいている白い磯波《いそなみ》のほそい帯。海原は青くゆったりとふくらんで、すすむにつれて水平線が遠去かってゆくようである。

本日終日快晴。離陸より降着まで、不安はすこしもかんじない。壮快な気分で、風を切って降下して来ると、写真のピントがぐっと合って来るように、不意に地上の草が一本々々はっきり見え出し、それが風に吹きたおされているのが見えて、間もなく自分は地上に降り立つ。着陸のさいの、此《こ》の、青草のうつくしい五メートルか十メートルのあいだ、三度か五度のかたむきのあいだに、われわれの生死がいつもかかっていると、誰がおもえよう。

二回目、三回目になると、気持もずいぶん馴《な》れて来たが、三回目の着陸まえ、第四旋回点で風向が急に東から西にかわったので、一八〇度転回、垂直旋回を不意にくらい、あっとおもう間に天と地とが自分の両わきに見えて来て、地平線がスルスルと直角に目前をよこぎり、天地左右の感覚を一時にうしなって、肝をひやした。しかしむろん無事着陸。三回で合計二十二分の飛行である。此の時間が手帖《てちょう》に記入され、累積《るいせき》されて、飛行時間三百時間、四百時間の一人前の搭乗員となり、下駄《げた》のごとく飛行機をあやつれるよう成長せねばならぬのだ。

はじめて空から南九州の海山をながめて、巻三の長田王《ながたのおおきみ》、「隼人《はやひと》の薩摩《さつま》の迫門《せと》を雲居なす遠くもわれは今日見つるかも」という感慨をおぼえた。ここは阿久根《あくね》、川内《せんだい》、伊集院《いじゅういん》を経て鹿児島市へ急行で二時間半、不知火《しらぬい》海をへだてて天草と対し、南西に甑《こしき》島《じま》列島をひかえた、すこぶる景勝の地である。ひろびろとした青草の飛行場のはてには、地上からも銀色の海が見える。草のなかに巣をかまえた雲雀《ひばり》が、飛行機と高さをきそって空で鳴いている。

修正はきびしく、飛行服はあつくるしく、しかも脚のポケットをぶらんぶらんさせて早がけをするのは、まったく楽ではない。しかしわれわれは張り切っている。自分は五月三十日の自分の誕生日も、すっかり忘れていた。昨晩身上調書を書かされて、はじめて其の日の過ぎたことに気づいたが、かえって愉快な気がした。自分は満二十四歳になった。

「葉隠《はがくれ》」に曰《いわ》く。

「敵ニ勝ツハ味方ニ勝ツナリ。味方ニ勝ツハ己レニ勝ツナリ。己レニ勝ツハ気ヲモッテ体ニ勝ツナリ」と。ちょっと風邪をひくと寝床にもぐりこんで不精をきめこんでいたような、自分の怠惰な弱いこころは、けっして完全には消え去っていない。すみやかにそれを消し去ることにつとめねばならぬ。なにゆえに？——自己の死を、祖国のために充分意義あるものとせんがため、一人前の搭乗員として自己をきたえあげるにおくれざらんがために。

六月十一日

○八○○より外出。九州は一般に物資がおどろくべく豊富で、外出も土浦時代にくらべてはるかにたのしいものとなりそうである。海仁会の芋饅頭《いもまんじゆう》を母に食わせてやりたいとおもう。

自分は汁粉《しるこ》五杯、カルピス四杯、菓子一と袋、かやくうどん一杯、芋饅頭十箇を食い、かねて申し合せておいたとおり、藤倉、坂井と合して、海仁会より米《こめ》ノ津《つ》まで、初夏の陽射《ひざ》しのなかを汗ばみながらあるく。麦のみのり、九州の子供たちの陽に焦《こ》げた元気なはだしの姿、あかるい海。

米ノ津は、むかしは此の辺一帯の平野の米の積出港としてさかえたところだそうだが、いまは小漁港で、上等の車海老《くるまえび》が獲《と》れるので有名だという。車海老は他日にゆずって、汽車で水俣《みなまた》へ出ることにした。米ノ津の町の東には、旧薩摩藩の北境、野間の関趾《あと》があるそうだが、それの見学も他日にゆずる。ところで、出水から米ノ津への道で、藤倉は、自分や坂井が此のごろ様子がかわって来てつきあいにくいと、しきりに不平を言い出した。

「俺《おれ》たちが立ちあがったら日本も盛りかえすぞだとか、立派に死んでみせるだとか、それは、ほんとうに貴様たちの、ぎりぎりの本音か?」と彼は言う。こういう言い方をされて、こころにすき間風の吹くのをおぼえない者があろうか。われわれは議論をした。藤倉の考えていることは、要するに此の戦争自体の否定、乃至《ないし》はすくなくとも戦局の前途にたいする極端な悲観論である。此の戦争に不本意にまきこまれたわれわれが、日本をすくうために死なねばならぬなどとおもう必要はないという説である。われわれが死んでみせてもみせなくても、どうせ日本はもうろくなことにはならないのだという、かなりなげやりな考え方のようでもある。

「貴様たちは、馬鹿《ばか》な学者どもの便乗主義や神がかりを軽蔑《けいべつ》しているけれども、貴様たち自身の頭が大分狂って来ていることには、すこしも気づいていない」と。しかしそういう藤倉の高説自体が、ずいぶんとくだくだしくまわりくどく、彼も以前はこんなではなかった。藤倉自身だって、なにかの形で狂って来ているのではないか。それで「戦争などというものは、みんなが多少狂っていてこそやり遂げられるんだ。それで丁度いいんだ」と言ったら、藤倉はひどく軽蔑的な眼つきで自分の方を見た。しかしそれでは、われわれがどうしたらいいと藤倉はおもうのか。現在のわれわれの境遇で、「自分の保身がはかれたら、一人々々で自分の生きのびる道を考えること。あわてな彼は如何《いか》に生活し、如何に身の始末をつけるつもりか、それをはっきり訊《き》きたくなる。いこと。ねばりづよく考えること。しかしどうしても駄目《だめ》なら、われわれの自覚とほこりとを最後まで捨てずに死ぬこと。俺のいう自覚は、貴様たちのとは意味がちがう」と藤倉は言う。こんなことが気兼ねなしに言いあえるのは、なんといってもわれわれ三人のあいだだけだから、腹を立てて藤倉を孤立させ、互いに完全に対立してしまうようなことがあってはならないとおもうが、それでもすこしは腹が立つ。

十一時ごろ水俣着。汽車のなかでお互いにやっと気分的に仲なおりした。駅からちかく、すこし坂をあがって鹿児島本線のかみ手になったところに、山を背にしてこんもり繁《しげ》った静かな庭をもつ、由緒《ゆいしょ》ありげな古い家があり、三人ともこころをひかれ、相談の結果、無礼をかえりみず案内を乞《こ》う。

「出水の海軍航空隊の者でありますが、おさしつかえなかったら、しばらくお庭をながめて休ませていただきたいのです」と言うと、こころよく招じ入れられた。

鹿児島の春駒《はるこま》という菓子で、めずらしい薄茶の御馳走《ごちそう》になる。主人を深井信則氏といい、深井家は代々水俣城主につかえた家だそうだ。五十年輩の御夫婦に、われわれより二つ三つ年下かとおもわれる静かな、かんじのいいお嬢さんがひとりある。お茶のお点前《てまえ》はお嬢さんである。庭には樹々《きぎ》のしげみのあいだに眼だたぬ泉水があって、滴々と石からしたたる水の音がしている。卯《う》の花が咲いていた。われわれはなんとなく言葉すくなになり、しかしこころでたいへん満足した。自分は大仙院《だいせんいん》の庭や龍安寺《りょうあんじ》の庭のごときも、それほど興味があったわけではなく、また深井家の庭がそれらとくらぶべきものでもないであろうが、こういう静かな場所で、こんな気分をあじわうのは絶えてひさしいことである。

ひるになり、酒肴《しゅこう》が出る。恐縮して遠慮したが、すすめられ、それから花より団子となって、(もっともこれは、各人内心多少の予期をしていなかったとは言えない)土地の美禄《びろく》にかつおの刺身生姜《しょうが》添え、下関の海胆《うに》、水前寺海苔《のり》の吸物など、ありがたくいただき、われわれは問われるままにわれわれの出身や境遇をかたった。深井家にも慶応を出られた長男があり、技術中尉《ちゅうい》として天津《テンシン》の陸軍部隊におられるとのことで、御縁があったのだから、これからも外出のおりには、うちへかえるつもりで気がるに寄ってくれと言われる。一時半ごろ辞去す。みんなすっかりほがらかな、よろこばしい気分になってしまった。

しかし深井家の食事は、品がよすぎて、われわれにはすこし物足りなかった。出水へかえって、チキンライス一皿《さら》、親子丼《おやこどんぶり》二杯、寿司《すし》一皿、鍋焼《なべやき》一杯を食い、ようやく満足する。さすがに帰隊後、隊の夕食は半分以上のこした。自分の食欲は、此のごろまた猛烈になって来つつある。

六月十五日

サイパン島に米軍の上陸がはじまった。聯合《れんごう》艦隊がZ旗をかかげ、残存全艦艇をもって出動したというはなしである。戦果についてはまだなんら発表がない。

はじめて離着陸同乗、伝声管のいいのをうばいあいである。風向北、風力七。三十分飛行する。

別科、グライダー訓練。セコンダリーを飛行場の隅《すみ》に曳《ひ》っぱってゆく。何回目かの五十歩かけあしのとき、曳索《えいさく》が切れて、Gが軽傷を負い、バンドがちぎれて時計が飛んでしまい、別科ヤメ後、みんなでさがしてやる。みんなで雑談をしながら、草のなかを手さぐりで失《う》せものをさがしてゆく、此の作業はたのしかった。

「臨海学園の宝さがしだ。見つけた奴《やつ》は明日のGのミルクをもらえ」と誰《だれ》かが言う。日はながい。われわれの影法師が草のうえにのびている。雲雀の卵がある筈だというので、自分はついGの時計より其の方が気になり、身を伏せておいて、親雲雀が降りて来るのをみとどけ、其の近まわりをさがしてみること数度、ついに巣をみつける。卵は鼠《ねずみ》色をした楕円《だえんけい》形の小さな卵で、恰好《かっこう》よくちょこんと、三つならんでいた。親雲雀が気にして、遠くからしきりに鳴きたてる。人間が手をつけたら、もう親は卵をあたためなくなると、Mが言うので、残念だがあきらめて、折角みつけた巣を去る。

「あったぞ」という声がきこえて来た。Gの時計は、重要部分健在で、ガラスさえ入

れれば大丈夫つかえるようで、それより一同そろって学生舎へかえりかけたが、其の途中で若月が不意に、

「あれはどうしたんだ」と空を見てさけぶので、なにごとかとあおいでみると、特殊飛行の訓練中であった練習機の翼のうえに、搭乗員《とうじょういん》が一人はい出している。「あ」とみんな息をのむうちに、からだは翼をはなれ、いっさんに、吸いとられるように指揮所の彼方《かなた》へ落ちていった。高度約八〇〇。即死、自殺らしい。飛行機は錐《きり》モミ状態になって、麦畑のなかへ墜落。間もなく姓名がわかる。七分隊の教員、D上等飛行兵曹《へいそう》。此のたいせつな時機に、貴重な技倆《ぎりょう》をすてて、何故《なぜ》自殺などするのか。夕食後、山口教員が居住区へ入って来たので、たずねてみると、

「女の問題でしょう」と、いやにあっさり言っていたが、なにか割り切れぬ気持がのこり、夜の通信査定、成績わるし。通信は速度一分間五十五。当直教官室から、教員が平気で面白《おもしろ》がっていろんなことを打って来る。

「ヒバリノタマゴハミツカツタカ?」

「サクジツホースイジヨヘサトウノギンバエニキタガクセイアリ。キヨーインハシツテヰルガキヨーカンニハイハヌ。ホンデンレウカイゴハキセヨ」（取れた奴はわらっている）

「ツギノリヤクゴヲレウカイシタモノハテヲアゲヨ」
「ホシヨホシ」（これは砲術士より砲術士へ）
「カヨツシ」（艦長より通信士へ）
「トトトト」（全軍突撃せよ。いつか自分たちがつかう奴）
巡検二一三〇。D上飛曹の自殺が、やはりなんともあと味がわるくてしかたがない。

六月二十八日

午前中、道場で飛行長より雷撃の教務をうける。航法も雷撃も、土浦時代にならったことの復習程度で、飛行長も白墨などにぎるのは苦手らしく、はなしはそれよりもサイパンの戦況に熱が入った。

新聞によると、「婦女子も敢然協力。まさに元寇《げんこう》の壱岐《いき》」などとあるが、敵の上陸兵はすでに島の大半を領してしまったらしい。サイパンが陥《お》ちれば、テニヤン、硫黄島、大宮島（グアム）、トラック等、内南洋以北の島の基地はすべて用をなさなくなり、敵はいっきょにフィリッピンと日本本土とをめざして攻めのぼって来るであろう。味方は制空権を敵にゆずり、敵の機動部隊をまったく自由にマリアナ周辺に行動させている。聯合艦隊は、航空母艦大鳳《たいほう》、翔鶴《しようかく》、飛鷹《ひよう》の三隻《せき》の虎《とら》の子をうしない、すでに作戦海面を離脱して、どうやらわれわれのいるところからあまり遠くないところへ、こっそり逃げかえって来ているらしい。敵の艦隊の方は、ほとんど無傷であったというこことだ。この作戦もまた負けいくさであったのかとおもう。日本にも、将来にたいするなんらかの成算はあるにちがいないとはおもうが、口惜《くや》しくてしかたがない。そして、こうしてはいられないという気持とともに、われわれの訓練も、もう間にあわなくなるのではないかというかんじがすることもある。そんなとき、自分のこころには、ふと、案外生きてかえられるのではないかというおもいがきざす。自分はあわてて心中にそれを打ち消す。それは、そういう考え方をわれわれがゆるされていないからでもあるが、同時に、そんなことを考え出したら、飛行作業にみだれが来て、かえって危険だという気持もつよいのだ。藤倉《ふじくら》の影響もあるが、なんといっても戦局のかんばしくないことが、われわれの気持をかきみだすことは、あらそわれない事実だ。

天候回復し、午後より飛行作業。うまい者はそろそろ単独飛行をゆるされるというはなしである。自分の技倆も多少の進歩はしているのだろうが、ちょうどマリアナ海戦のあった三日間を、胃をこわして大食器に三杯も嘔吐《おうと》をやり、くたくたになって休業していておくれをとり、はなはだたよりない。

自分はきょうは記録係を命ぜられて、指揮所で分隊長のそばに記録板をもってつきそい、一機々々、飛び立ってからかえって来るまでの計時をする。

「第何号機出発シマス」

「風向変リマシタ」

「第何号機出発マテ」

「『ジャイロ』降着ヨロシキヤ?」

「『ジャイロ』降着ヨシ」

「『デッキ』降着シマス」

等々、ひどく神経がつかれる。

若月が事故をやった。腹バンドを巻き、両肩バンドでからだを機上にくりつけているのだが、若月の第四号機、着陸時脚をひっかけてひっくりかえり、宙がえりの姿勢で停止し、「あッ」とおもったが、しばらくするとからだをはずして、教員と二人でのこのこ出て来た。赤トンボはありがたい。実用機なら死んでいるところだ。赤トンボは安定のいい飛行機で、空中でも、あぶなくなったら手をはなせといわれる。手をはなすと飛行機の方で勝手に、ぐうッと平衡をとりもどしてくれる。若月はちょっとびっこをひいていたが、それでも早がけで指揮所のテントのところへやって来、満

面朱をそそいで、

「第四号機、第三回搭乗、若月学生カヘリマシタ。両脚折損、プロペラ全壊。ソノ他異状ナシ」と怒鳴る。分隊長がチョイチョイと手まねきをしてみせ、眼《め》のまえに立たせて、ゴインと一発。

「馬鹿者。自慢そうに言うな。両脚折損、プロペラぶちこわしておいて、その他異状なしとはなにごとか」と。

記録係を交替し、自分は第七号機、第八回搭乗。離陸すると高度三〇〇で雲に入る。雲といっても霧のようなうすい奴で、機をかすめてすいすいと非常な早さでながれてゆく。飛行場がまるで見えなくなり、また雲の切れ間から急にいちめんに見えて来る。天草の島山も雲をかぶっている。自分はかつて、やはり梅雨どきに、父母と雲仙へ旅行して、霧のなかをバスでのぼっていったことをおもい出した。

着陸時五メートルの引きおこし、これがやはりいちばんむずかしい。陸軍機とちがって、母艦の発着をやるたてまえから、海軍機は五メートルで引きおこして失速させ、尻《しり》を下げた三点姿勢で着陸しなくてはいけないのだ。なんどやっても前車輪着陸になる。充分慣熟しなくてはならない。

飛行作業のあった日は、やはりとてもつかれる。夜温習時、本が読みたくてたまらなくなる。だが妙なことに、万葉集を出して読もうという気は、此《こ》のごろちっともしない。座学のあいま、飛行作業のあいまに、万葉の歌をおもい出すことはよくあるが、それをひろげて読もうという気にはならない。

自分は自分たち若者の死生の道を、ほんとうにいまの時代に即して、責任をもってきびしく説いてくれる人の文章が読みたい。しかしそれがなかなか見あたらないのだ。そうでなければ自分は、アンデルセンの童話か、チェホフの短篇か、ふっくらしたやさしい短い物語が読みたい。ものを食っていて無我の境に入るということは、自分にはちょっと出来ないが、いい本を読んでいると、其《そ》のあいだはすべてを忘れて、不思議な安定した世界にさそいこまれる。家に葉書で二、三冊註文《ちゆうもん》を出そうとおもう。

七月八日

昨夜は七夕《たなばた》。月にむかってならび立ち、夜の号令演習をおこなう。天の川がうつくしかった。

七夕というと、自分は、柄《がら》の大きな赤い浴衣《ゆかた》に黄色い三尺をしめ、団扇《うちわ》を手に涼み台で大阪弁でおしゃべりをしている、大阪の町家の少女たちの姿をおもい出す。

「ゆきちゃん、あかんわア、そんなんずるいわア」

「そうかて、兄ちゃんがしたかてかめへんいはってんもん」

そんな甘い匂《にお》いのするなんでもない大阪言葉の抑揚が、自分の耳にうかぶのである。

「星まつり」と書いた銀の紙。それからあの、線香花火の色。

間もなくしかし、第一警戒配備となり、浴衣の少女どころではなくなった。大陸の成都方面基地のB29が十数機、夜半に北九州、西九州に侵入し、八幡《やはた》、佐世保《させぼ》等に多少の被害があった模様である。

本日大詔奉戴日《ほうたいび》。突然日曜日課となって外出をゆるされる。汽車で水俣《みなまた》へ出て、一路深井家へ行く。主人はきょうは熊本へ出かけられて留守。お嬢さんの蕗子《ふきこ》さんは、あらい紺がすりのもんぺをはいて、われわれのためにお母さんといっしょに食事の支度をしてくれる。不意の訪問で気の毒であった。殺風景な筈《はず》のもんぺ姿が、蕗子さんにはよくうつり、光の静かな、どちらかといえばうすぐらい深井家のなかで、顔や手あしがほんのりと白くうつくしく見える。自分はそれに、彼女のように爪《つめ》のきれいな人は見たことがない。お母さんの方が主としてわれわれのはなし相手をつとめ、蕗子さんの方は台所へひっこみがちで、それがつまらなかったけれども、そうかといって、自分たちは誰も（多分）、このお嬢さんととくにどうという気持は持っていない。それはわれわれには考うべからざることである。彼女は無口だが、それでも先日若月が宙がえりで着陸してのこのこ出て来たはなしなどすると、おかしそうに笑っていた。深井水俣は徳冨蘆花《とくとみろか》の出身地であるということを、自分はきょうはじめて知った。深井家にはふるい郷土の文人の随筆や、葦北《あしきた》郡誌なるものもあり、俗謡、民謡、伝説のたぐいもたくさん集められている。

籾《もみ》すり唄《うた》に面白いのがある。

○わしがおやぢは長命なされ寺の半鐘のくさるまで

それから、

○唄でやんなされどのやうなことも仕事苦にして泣くよりも

馬子《まご》唄。

○人さんざ唄へば木葦もなびく川の島瀬も止めてきく

これらの俗謡などを、これから外出のたびに深井家へ来て、すこしずつ書きためてノートをつくってみようかと言ったら、坂井は、

「うん。そいつは面白い。やってみよう」と賛成したが、藤倉は、

「ここは国語の研究室じゃあない。そんな感傷的なつまらない自慰行為はよせ」と不《ふ》機嫌《きげん》な顔をした。彼はなににでもひとこと文句を言う癖があるようだ。

食後に、麦こがし（こうせんともいう）と、メリケン粉の団子の入った汁粉《しるこ》が出た。麦こがしを熱湯でといて、口にもってゆくときのほつほつと匂う、かんばしいあったかい田舎の上品なかおりが、なんともいえずうれしくおもわれた。

一六三〇帰隊。夜、サイパンに最後の突撃がおこなわれていることを知る。

七月十八日
初の単独飛行。はげしい暑気、ギラギラかがやく太陽、此の青空、積乱雲。

サイパン島の玉砕を聞く。七月七日早暁《そうぎょう》より全力を挙げて最後の攻撃を敢行、一部は「タポーチョ」山附近まで突進し敵に多大の損害を与えたが、十六日までに全員壮烈なる戦死を遂げたるものと認むと。ハワイ海戦の機動部隊指揮官南雲《なぐも》忠一中将も戦死した。

だまってやる。だまってついてゆく。たおれてもくたばっても、だまって、しっかりついてゆく。これが俺《おれ》たちの生活だ。

日記を書く余裕もなかなかない。

七月三十一日

単独になったとおもったら、すぐに特殊飛行の訓練である。

夏の海と雲のみごとなうつくしさ。高度一二〇〇。海のうえに一点うかぶ漁船をめがけて急降下してゆく。宙返り、失速反転、垂直旋回。上空は涼しく気持がいいし、特殊飛行は痛快だが、高空では頭のはたらきが相当にぶくなるようで、且《か》つおわってからも一日中、頭が抑えつけられているように重く、気分がよくない。

しかし特殊飛行、編隊飛行の訓練に入ってから、殺気立った眼と同時に、やりっぱなしのほがらかさをたたえた眼が、われわれのあいだに見られるようになった。飛行機を飛ばしているときは、細心の注意と必死の努力。しかしそれ以外のときは、なにをかんがえたって仕方がないのだ。西瓜《すいか》や清涼飲料の類だけを、からだがむやみと要求する。

志望機種の調査があった。自分は第一志望艦上攻撃機、第二志望陸上攻撃機。要するに魚雷を抱いてゆく決心である。われわれがやらなければ、けっきょく誰もやるものはありはしない。敵は大宮島にあがった。パラオにもやって来た。昨日は大連が空襲を受けたらしい。あすから第一分隊と第八分隊は夜間飛行がはじまる。夜間飛行といえば、もう終極の課目である。短時日のあいだにわれわれも進んで来たものだ。静かに死の用意をせよ。

家より斎藤茂吉の「寒雲」と、岩波文庫のチェホフの短篇集《たんぺん》をおくって来てくれた。父より手紙、文吉兄さんの消息は依然不明、頻々《ひんぴん》と島の玉砕がつたえられるので、不吉な気持で案じているらしい。

「寒雲」をひらくと、やはりいくさの歌、大和の歌がこころをとらえる。しかしこれは茂吉の昭和十二年から十四年までの作歌であるから、いくさの歌といっても、いまのわれわれの気持とはやや遠いものも多く見いだされるようである。

ひとつ国興《おこ》る力のみなぎりに死ぬるいのちも和《のど》にあらめや
勝いくさ心に占めて静かなる洋《うみ》のごとくに年あけにけり
海ゆかば水《み》づくかばねとことほぎて太平洋は砲ぞとどろく

という風に、純粋率直にいまの戦局の様相を、自分は「ことほぐ」わけにはゆかないのである。眼にとまった歌を数首書き抜いておく。

高山《たかやま》も低山《ひくやま》も皆白たへの雪にうづもれて籠《こ》る家村《いへむら》（これは巻頭の一首）

涙いでてシンガポールの日本墓地よぎりて行きしこともおもほゆ
立ちつくす吾のめぐりに降るあめにおぼろになりぬあめの香具山《かぐやま》
藤原の御井《みゐ》のいづみを求めむと穿《は》ける草鞋《わらぢ》はすでに濡《ぬ》れたる
パラシウトを皆否定して飛び立たむ空襲部隊の礼するところ
わがどちの戦《たたかひ》にゆく数ふえて心は滾《たぎ》つきのふも今日も
一家《いっけ》より五人の応召を出《い》だせりといふ新聞記事を凝視するのみ
わたつみの奥《おき》を渡りて人は見む天《そら》をうつ浪《なみ》あぶらなす凪《なぎ》（太平洋と題す）

中村良子（中村憲吉の遺児ならん）の新婚披露宴に出た時の歌では、
うつくしく若き夫婦《めをと》よこよひ寝ば人のこの世のよしと思はむ
よろこびの筵《むしろ》に坐《すわ》りこもごもに湧《わ》きくる思ひ涙となりつ

此の経験は、自分はせずにおわることになるであろう。まだ全部はなかなか見られない。だがひさしぶりに歌をたのしむことが出来た。

八月六日

外出。方面をかえて阿久根《あくね》へ行ってみる。阿久根の温泉は岩塩層のうえを通って湧いて来る湯で、非常にしおからい。からだがべとべとする。それでもみんな、入らなければ損のようにして、休んでは入り、飯を食ってはまた入り、「温泉水ナメラカニシテ凝脂ヲアラフ」というが、われわれのは、からだ中の汗をしぼりとってしまった。此のような時代の此のような境遇のわれらには、昼夜をわかたず、尽きることなく滾々《こんこん》と湧き出ている湯が、貴重な、むしろ不可思議な自然のめぐみにおもえるのである。

きょうの暑さは格別だ。雨は此の十日ばかり一滴も降らない。汽車のなかから田が干割《ひわ》れているのを見た。旅館の庭のみどりの色も、むっとするようで、あぶら蟬《ぜみ》があつさをかきたてるように鳴いている。車海老《くるまえび》のフライがうまく、三皿《さら》おかわりをした。西瓜も赤くあまかった。氷不足のせいか、ビールが冷えていないのだけが残念である。

きょうは水俣の深井さんの御宅では待っていて下さったかも知れないのだが、汽車の時間をしらべてみると、もうそちらへまわる余裕がないので、其のまま帰隊。夾竹《きょうちく》桃《とう》の花があちこちに咲いている。この辺は櫨《はぜ》の木と夾竹桃はいたるところに見かけられる。夾竹桃は花はうつくしいが、木には毒があって、むかし西南戦争のとき、官軍の兵隊がこれの枝を箸《はし》にして飯を食って、大勢中毒にかかったというはなしを、汽車のなかで知らぬ人に聞かされる。此のへんはまた有名な鶴《つる》の渡来地だそうだ。冬はシベリヤからたくさんの鍋鶴《なべづる》の群がわたって来るという。

E先生と鹿島《かしま》とから葉書がとどいていた。鹿島が先月から九州に来ていることを知り、おどろく。

「長崎県川棚《かわたな》町臨時魚雷艇訓練所第一二〇班　鹿島芳彦」これは特殊高速魚雷艇——飛行機のエンヂンを装備したベニヤ板製のかるい魚雷艇で、敵艦船に肉薄魚雷攻撃をかける——の特殊訓練班だ。

「貴様たちは空から行け。俺は海のうえから、Aは土を這《は》って行く。おたがいに頑張《がんば》ろう」と鹿島は書いて来た。Aというのは、鹿島と高等学校がいっしょだった東洋史のA・Kのことで、館山《たてやま》海軍砲術学校へいったらしい。また、「貴様たちのいる出水《いずみ》は、どちらの方角かわからない。汝《な》が面《おも》の忘れむ時《しだ》は国溢《はふ》り峰《ね》に立つ雲を見つつ偲《しぬ》ばむ。呵々《かか》」と。地図を見たらよさそうなものである。

E先生のおたよりによると、先生は、法文経の学生をひきいて、十五日交替で愛知県下の豊川海軍工廠《こうしょう》へ出かけておられるとのことだ。緊急学徒動員令で、大学は事実上学業停止の状態らしい。「豊川での感想は大いにありますが、葉書にはちょっと書けません」とあり、おおよそを察する。

八月二十三日

晴。夜風のすずしさが秋のちかづいたことをおもわせるが、季節のうつる気配は、自分にはしのびよる死のあし音のようにもかんぜられる。学生舎の窓から、鎌《かま》のごとく澄んだ三日月が見える。

ながいあいだ日記をつけることを怠っていた。土浦にいたころ、分隊長から、「日記などつけるのもいいが、プライヴェイトなものとはいえ、搭乗員《とうじょういん》の遺品は、死後すべて他人の世話になるものであるから、自己の死後を傷《きず》つけるようなことは、なるべく書かないように」という注意をうけたことがあった。あのときはいくらかハッとしたものだが、此のごろの自分は、自分の死後が傷いても傷かなくても、もうどっちでもいいような気持がして来た。それは自分の道をつよく踏みすすめて、其の結果についてはあとにのこる人々の判断にまかせようという風な積極的なものではなく、なんだか退嬰《たいえい》的な――要するにどっちでもいいという気持なのだ。

気持が消極的になりだすと、日記をつけるという行為も、わずかな文学的自慰、けつきょく誰《だれ》かに見られることを意識しているたったひとつの死後への虚栄心のはけ場、海軍の教官や戦友たちにたいしては学究としての自己をよそおい、学園の先生がたや父母にたいしては雄々しい海軍飛行予備学生としての自己をよそおい、つまるところ嘘《うそ》だらけの愚痴ではないかというようなことばかり考えられて、自分はペンを取る気がしなかった。じっさい、あと自分がまる一年生きるとして、のこされた時間は八千七百六十時間、とぼしい時をさいてこんなものを書きついで、なんの意味があるか自分でもわからない。しかし習慣になっていた温習時間の日記書きをやめていると、煙草《たばこ》をよした口さみしさのような、妙にものたらないおもいもして来て、自慰なら自慰でよしと、きょうはまた書いてみる気になったのである。

すこし神経衰弱気味かも知れない。ときどき、自分はもう、なにもかもわからなくなる。日記をつけることも、戦争のことも、生死の問題も、学問のことも。優柔不断、自分のごとき人間の死後に、傷くようないったいなにごとがあろう。中学から高等学校へ、高等学校から大学へ、さらに大学から、えらばれた光栄をになったつもりで、海軍航空隊の搭乗員へと、小さな自負と自己満足とをもって、小さな成功をつみかさねて来た自分が、けっきょくどのようなものであったか、いまここでむき出しにされているような気がしてならないのだ。人よりすぐれて飛行機が上手にあやつれるでもなく、一心こめて死に立ちむかえるでもなく、みずから固く信ずるところはすこしもない。此《こ》のような異数のはげしい境遇のなかでも、短歌一首満足にはクリエイト出来ない。

うとましくも、人の言うことがすこしずつわかり、しかしそれが決して炎になって自分の心中には燃え立たない。自分は才うすく、生命の燃焼力の弱い人間だとおもわずにはいられない。雑念をすてよと言われるが、捨てても捨てても捨て切れず、考えても考えても、自分のちからで抜けきれないとき、自分はいったいどうなるだろう。

飛行中は、頭がふだんの三分の一くらいしかはたらかないのこそ幸いである。空で此のような気持におそわれ出したら危険だという気がする。先々月、D上飛曹《ひそう》が練習機の翼からとびおりて自殺したとき、山口教員に「女の問題でしょう」と聞かされて、一応そうかとおもっていたが、Dの自殺も、そんなに簡単には説明出来ないものであったかも知れぬ。自分の操縦技術にもうすこしゆとりがあったら、上空で手は手、頭は頭でぼんやりなにか考えているうちに、ふと操縦桿《そうじゅうかん》をまえにたおして、死ぬという意識もほとんどなしに、其《そ》のまま突っこんで自殺してしまうようなことが、自分にもおこり得そうな気がする。自分が自殺すると、みんなはD兵曹のときとおなじに、自分を焼いて、一と晩骨のそばで通夜《つや》をして、それからすぐ忘れて、さっさと自分の任務にかえってゆくであろう。みんなはつよい。昆虫《こんちゅう》のような強靭《きょうじん》さを持っているように、自分には見える。

自分はそれに、抵抗しながらも、やはり相当藤倉《ふじくら》の影響は受けているようだ。自分の神経衰弱は、もしかしたら藤倉性神経衰弱というべきものかも知れない。ときに自分の頭がすこしはればれとし、いい意味で単純に、いさましい戦士らしい気分になりかけると、きまって藤倉の声が邪魔をしに来る。事実藤倉が来てはなしかけることもあるが、ただ自分の耳に藤倉の言った、あるいは言いそうな言葉がついて来て、自分の気持をちりぢりにするのである。

「いい意味の単純さ？　それはどういうことだ」

「軍人と資本家と政治屋とがはじめた此のばくちのような戦争を、うたがってみようとはおもわないか？　其のためにいのちを捧《ささ》げるのを、ほんとうに貴様は光栄とおもうか？」

「信じているのではあるまい、強迫観念にとらわれているのだ。うたがうことがただおそろしいのだろう」

「あせらず、ねばりづよく、自分の本心と、戦争の様相とをみつめてみようとはしないのか？」

「わかる」と、自分は眼《め》をつぶってたよりなげに答える。「それはわかるよ」

すると藤倉といれかわりに教官の言葉が聞えて来るのである。「どうした？　吉野学生」。教育部隊ずれのした意地のわるい小姑《こじゅうと》たちではない。鞍馬天狗《くらまてんぐ》と綽名《あだな》のついている、静かでさっぱりした、眼の澄んだ自分の好きな飛行長の声だ。「元気のない顔をしてるじゃないか。眼をひらいて戦局の様相をみつめろ。サイパンの悲劇が日本本土で其のまま繰りかえされかねない状況になって来た。日本をほろぼしたくなかったら、俺たちがやるより仕方がないからナ。苦しいだろうが、迷わずについて来てくれよ。操縦桿をにぎってうしろを向いちゃあ、駄目《だめ》だぞ」

「わかります、教官」空想のなかで自分は不動の姿勢をとる……。だが、あれもこれも、なんでもすこしずつわかるというような、そんなたよりない艦攻搭乗員があろうか。

そして自分は、力の萎《な》え切ったような気持で、二十四の男にしてはおそろしく年寄りじみた隠遁《いんとん》の生活を夢想し、全心ひきこまれて白昼夢を見るのである。

――清《さや》かな光の射《さ》す山ふかい渓流《けいりゅう》のほとり、茅屋《ぼうおく》ひとつありて訪《おとな》う人なく、鳥の声と百果のみのりにめぐまれて、読むに書ありかたるに一人のひなびた健《すこ》やかな妻あらば、草の静かにしげり静かに枯るるがごとく、才うすき身を自然の生々流転《るてん》のままにゆだねて、すべてのさわがしき想《おも》いを心のうちに閉じ、ひそかに平和に自己の生涯《しょうがい》をおわるのだが……と。また自分の理想的な至福の境涯として、もうすこし具体的なことを夢みることもある。其のなかの自分は、小さな自分の農園で、トマトを山と積んだ一輪車を押していたり、段々畠《だんだんばたけ》の小島の分教場で仔犬《こいぬ》のような小学生たちと遊戯をしていたりする。其のときデッキの彼方《かなた》から、「ホーヒーホー、課業ヤメ五分前」号令が聞えて来て、自分は阿呆《あほ》なものおもいから醒《さ》めるのである。

サイパンといえば、烹炊所《ほうすいじょ》の下士官から聞いたはなし。烹炊所の下士官はいったいに現実享楽派《きょうらくは》のぼってりふとったのが多く、あんまり一途《いちず》ないさましいのはいない。ガダルカナル周辺の小島で、死にそこなって取りのこされた海軍の電信員がふたり、カヌーをぬすんで脱出して来た。脚は潰瘍《かいよう》で血膿《ちうみ》の吹く穴だらけになり、食べものはまったく無く、腰の革バンドをかじりながら、潮のながれにまかせて幾日か漂流のすえ、やっとどこかわからない島の岸にたどりつくと、草や木の垂れさがった崖《がけ》のすぐうえで、人声がする。敵か味方かわからないが、おもいきって上陸してみると、それが日本の陸軍部隊で、ふたりは救われてサイパン島に送りとどけてもらうことが出来た。其のうち一人は横須賀へ後送されることになったが、潰瘍のかるかったもう一人の方は、サイパンにのこされ、身体《からだ》が恢復《かいふく》するのを待って島の通信隊に編入された。アメリカ軍の上陸がはじまったのは、彼が救われてから四十日目であったという。九死に一生を得ながら、ついに助かることが出来ないと知った其の電信員は、玉砕のまえに、味方の全艦船部隊にあてて、「テイコクカイグンヲウラム」という平文電報を連打して来たそうである。

「それがほんとうかも知れんですなア」と烹炊所の下士官は言っていた。どこまで真実性のあるはなしか、自分はわからないが。

朝鮮では、さいきん叛乱《はんらん》がつづいて三度もおこっているそうである。こまったことだとおもうまえに、自分はそれは、朝鮮人にしたら当然の衝動かも知れないとかんがえるようになった。東亜の恒久平和、万邦各〻《おのおの》其の処《ところ》を得しむといいながら、日本は朝鮮を独立さすとはけっして言っていない。彼らが、日本人の祖先を祀《まつ》った神社にお辞儀をさせられるのをいやがり、戦争の前途について日本人と同じ心配の仕方をしめさないのは、それはあたりまえのはなしで、彼らにとって先ののぞみのない此の戦争のために、徴兵の義務を課せられることに反抗するのは不思議ではない。自分は米英其の他の所謂《いわゆる》西洋の先進国が東洋で此の百年のあいだ、どんな横暴なふるまいをして来たかをおもうと、それだけでも戦う気力が湧いて来たものであったが、日本が朝鮮人や支那《しな》人にたいしてやったこと、やっていることにはわりに無関心で寛大であった。自分が生れたときには朝鮮はすでに日本の領土で、われわれは其のことになんの疑いも持たずにくらして来たが、それはそんなに当然なことがらではなかったのだ。朝鮮人としたら、此の際もし日本が負けてくれたら自分たちは自由になれる、自由になるまえに徴兵などにとられてなるものか、日本のいまの頽勢《たいせい》につけこんで暴動をおこそうという気になるのは、充分うなずける気持である。自分のこころの弱さが、追いつめられた弱い人々の気持に共感するというべきか。いいことかわるいことかはわからない。

八月二十六日

虫の声が耳について、朝晩はすっかりすずしくなった。学生舎の溝《みぞ》にたくさんいたオタマジャクシが、いつの間にかいなくなっている。きょうも自分はこころが沈んで仕方がない。分隊長からひどい叱責《しっせき》をうけた。

夕方、やっと飛べるばかりになった雀《すずめ》の子が、学生舎の樋《とい》からパノラマ講堂の軒へ、大あわてでうつってゆくのを見る。兵術の講義はわすれて、自分はぼんやりした気持で、そればかり見ていた。兄弟何羽か、みなおっかなびっくりと、決死の飛行である。彼らのは、だが、これから生きるための飛行というものだ。

われわれの単独飛行も、空での行動が大分自由になったので、此のあいだは水俣《みなまた》の上空へ出てみた。深井さんの家はすぐわかった。西みなみをかこった土塀《どべい》の線が、空からみるとたいへんうつくしい。挨拶《あいさつ》のつもりで二度ばかり急降下をこころみたが、爆音が庭の松の木をゆるがすほどひくく降りたのに、蕗子《ふきこ》さんも誰も出て来なかった。つまらない気がした。原っぱで子供たちが両手を大きくひろげて振っているのに、こちらも翼を振ってこたえて、帰途につく。これはみつからなかったから叱《しか》られもしなかったが、きょうは海の上へ出たら、天草本島牛深《うしぶか》の南々西約十二浬《カイリ》で南下する艦隊を発見。異様に巨大な戦艦一隻《せき》、それにしたがう駆逐艦二隻、重巡洋艦二隻。白い穂先を見せてやや荒れ気味の青い海の上を、五本の真っ白な航跡を曳《ひ》いて、周囲を圧してゆったりとはしっている。さすがにたのもしく且《か》つしたしい想いがわいて、針路を戦艦に採り、高度七百で一ッ気に近接し、艦隊の上空を通過した途端、戦艦の対空機銃、高角砲がピッ、ピッとするどい尖光《せんこう》を見せて、いっせいに自分をめがけて射《う》って来た。度肝をぬかれ、あわてて反転、敵機とまちがえられたとおもったが、すぐ、そんな筈《はず》はない空砲だと気づき、しかし何故《なぜ》射たれたのかよくわからず、対空射撃の訓練目標にされたのだろうとおもいながら、間もなく出水にもどって着陸すると、自分はすぐ分隊長によばれ、「貴様どこを飛んで来たァ」と眼の玉むいてどなりつけられた。武蔵《むさし》（戦艦は武蔵であった）の副長から、「貴隊ノ練習機一機、一〇二五許可ナク本艦ノ上空ヲ通過、反転帰投セリ。注意アリタシ」という電報がすでにとどいていたのだ。それから分隊長に、情なくなるほどギュウギュウ油をしぼられた。諸例則の講義のとき居ねむりをするものではない。無断で艦隊の上空を飛翔《ひしよう》してはならぬという規則を自分は知らなかったのである。

九月一日

編隊の互乗をゆるされる。自分は二番機。一番機だけが教官搭乗である。むこうみずに、おもいきりちかく自分を一番機にもってゆき、翼がまさに一番機の翼とふれあうような距離でセットしつつ飛ぶ幾分間があった。これで落ちたら、落ちてもいいという気持だ。一番機は、接触されたら尾翼をやられるからかならず墜落する。こちらはペラを突っ込んだぐらいなら、かならずしも落ちるとはかぎらない。さすがに一番機では気にして、始終教官がうしろを向いて見ていた。「おもい切ってついて来い」と言われているのだから、文句は言われないだろう。坂井の三番機、臆病《おくびよう》からときどき左後方におくれて編隊をみだす。教官機はそれをみとめると、高度を下げ、そして急角度で左旋回をする。傘《かさ》型のものが急に左にかたむくから、其のままでは坂井は海へ突っ込まざるを得ない。あわてて編隊について来る。意地のわるいきびしいやり方だ。

一番機の胴の日の丸と、主翼のつけ根のあいだに、こちらの身体を入れると、ちょうどうまくセット出来るようだ。編隊を制形したまま、がっしり組んで海の上を飛んでいるときは、無意識に手足が機敏にうごいて気分がいい。着陸もピシャリとついて、列線にかえれば、飛行ヤメ、格納庫へカヘレ。われわれはレバをぶうぶうふかして滑走して格納庫へ愛機を持ってゆく。

きょう、轟《とどろき》部隊の「銀河」の大群が本隊に進出して来た。此の飛行機は土浦でも姿を見かけたが、数年まえからY20の名前で極秘裡《り》に試作されていた陸爆で、ようやく量産に入ったものか、地上にちかぢかと其の大群をながめるのははじめてである。海軍が航空科学技術の粋《すい》をかたむけ、はじめて完成した試作機を見た者は其のうつくしい姿態にことごとく嘆声をはなったといわれるだけあって、まことにリファインされたスマートな飛行機である。全備重量十トン、一式陸攻より重いのに、行動は軽快だ。

轟部隊の搭乗員《とうじょういん》たちは、翼をならべた「銀河」の機体のかげで飯を食って休んでいたが、兵舎にも入らず、夕刻から訓練開始。なかにひとり、十三期の少尉《しょうい》がいる。雷撃、航法、通信、急降下爆撃と、夜十一時ごろまで飛行をやっていて、巡検中もつよい爆音で当直教官のはなしが聞えないほどであった。十三期から、艦上偵察《ていさつ》機「彩雲」、陸上哨戒《しょうかい》機「東海」、夜間戦闘機「月光」等、新鋭機のニュースも聞かされ、自分の神経衰弱もすこしは吹きとばされるおもいである。われわれが感心して聞いていると、十三期の少尉は得意になって、「銀河」も「彩雲」も自分が作ったような顔をしてしゃべっていた。

母よりたよりがあり、家ではもう無花果《いちじく》がうれて、其の日初ものを、自分と文吉兄さんの蔭膳《かげぜん》にそなえてくれたそうである。しかし兄はいったいどこへ行ったのか。あるいはサイパンあたりで、もう亡《な》くなっているのかも知れないという気がする。

九月八日

広漠《こうばく》たるみどりのなかへ、沈むように続々と降りて来る赤トンボ、不知火《しらぬい》の海のむこう、うすくかすむ島山のうえに太陽が落ちる。一尺あまりしげった青草に腰をおろすと、足もとからしきりに虫が鳴く。ぷんと草の匂《にお》いがする。

脚を抱いてだまって景色をながめている。日が落ちきると、天草の山のいただきが、落日の余映に其のどすぐろい姿をくっきりとあらわして来る。飛行場の草のうえで、あかあかと誘導燈《とう》の炎が燃えはじめる。自分の眼の高さにしげった雑草の穂先が風にゆれて、其の真っ赤な焔《ほのお》をちらちらとさえぎる。「戦は又親も討たれよ子も討たれよ死ぬればのりこえのりこえ闘ふ候」まよってはならぬ。歯車の一片となり切るよりほかに道はない。自分をあわれとおもうまい。其のはしからしかし、また湧《わ》く想いを如何《い》何《か》にすればよいか。

きょう午前、「銀河」が一機事故をやった。離陸直後、エンヂン故障のため落ちたのである。計器飛行に関する講義を聞いているとき、庁舎の方角から急に黒煙があがったので、すぐ教室を飛び出してみると、隊門のまえで、黒と紅蓮《ぐれん》の炎をあげて、いきおいよく「銀河」が燃えていた。あまりの壮観に、ただ感心して見入るばかりである。実用機ともなると、事故も派手だ。煙のあわいから、炭のように焦《こ》げた黒い翼がときどき見える。此のなかで、三人ばかり人間が焼けているのだとおもうが、不思議なくらいなんの感動もない。轟部隊の方も、未だ空を焦がす黒煙をのこしたまま、すぐ平然と飛行作業をつづけはじめた。われわれの方も、間もなく教室へかえって、計器のはなしのつづきである。

ここ出水《いずみ》の一帯、ことに米《こめ》ノ津《つ》沖合の桂島長島は、地勢水勢パール・ハーバー一帯に酷似しているとのことである。土地の人のお国自慢かも知れないが、戦前、聯合《れんごう》艦隊が奇襲作戦の極秘訓練はここでおこなわれ、オアフ島の一方的な戦果はここから生まれたという。だがいまとなっては、真珠湾の戦果は日本に仇《あだ》をした。ひとつには「リメムバア・パール・ハーバー」の合言葉を敵にあたえて全アメリカを団結させ、ふたつには海軍に夜郎自大の風を生ぜしめて、「沈黙の海軍」は消滅した。新聞の狂態——討ちてしやまん、見敵必殺、鬼畜米英等、内容空疎《くうそ》な言葉の安売りを、中央の海軍が煽動《せんどう》しているのは、なんということであろう。「サイレント・ネイヴィ」という言葉は、いまや「チャタリング・ネイヴィ」とでも置きかえるがよい。現地の実際は、燃料の質の低下とアルコール混入のため、苦しい危険な訓練をつづけて来たわれわれが、其《そ》の燃料さえ不足で、当分中練の飛行作業を中止せねばならぬという。蛇《へび》の生ごろしにあう搭乗員の気持を、誰《だれ》がわかるのか。

海軍のよき伝統は、ただ其の形骸《けいがい》の旧套《きゅうとう》墨守となって、精神は失われた。こんにちの帝国海軍にたいして、数々の批判と不満とを、自分は持たずにはいられない。たとえば下士官教員からは、必要な技術だけを学びとり、日常個人的な接触はするなということをきびしく言う。海軍兵学校出身の兵科将校たちが白人種とするなら、彼らが下士官兵にたいする気持は黒奴《こくど》にたいするごとくで、且つわれわれ予備学生、予備士官にたいしては、先《ま》ず白人が黄色人種を見るにひとしい危惧《きぐ》と不信とを持っているようである。其の因襲的な貴族趣味。われわれもあるときはそれにかぶれ、そうならねば海軍士官としての立派なはたらきが出来ないのだとおもったこともあるが、悪い意味での英国流ではないかと考えざるを得ない。ことさらにそんな溝をつくって何の益があろう。だいいちいまは、カラーをまっ白にして外出していられるような時代ではないではないか。

京都からの面会人のはなしでは、京都の物資不足はひどいとのことで、土産の甘いものぐらいを期待して行ったわれわれの仲間は、逆に面会人に食いものを提供する始末で、面会人が、

「海軍はいいですネ、海軍はいいですネ」と言ってそれをガツガツ食うのを見て、がっかりしてかえって来た。O先生もお好きな和菓子に、どれほどか不自由をしておられることであろう。

九月十七日

黄海海戦記念日。

昨日から颱風《たいふう》が九州にちかづいていて、ときどきはげしい雨があり、夜半に雨が漏り出して荷物を移動するさわぎがあったりして寝不足だ。

〇七四五より一兵舎階下で式、式後総員で「赤城の奮戦」「勇敢なる水兵」等黄海の海戦にちなむ軍歌を合唱、おわって外出をゆるされる。

鹿児島本線は日奈久《ひなぐ》のあたりで不通になったというはなしであったが、水俣行きは例の三人で決行した。しかし列車の都合で、十一時に深井家へ着いて、一時半には辞去するといういそがしさであった。食事だけをしに行くようなかたちで、蕗子さんもお母さんも時間に合わせるために、大騒ぎをしてくれる。蕗子さんは豪雨のなかを、とめるのもきかず、合羽《かっぱ》をかぶって足りないものを買いに出てゆく。

きょうは芋を御馳走《ごちそう》になった。サツマ芋というくらいで、こちらは本場だ。すじのない栗《くり》のようなホコホコとした味で、実にうまかった。坂井の家から深井家気付で小包が来ていて、勝栗《かちぐり》とホットケーキが出て来、ホット（？）ケーキは惜しくもかびていたが、かびを丁寧にぬぐいおとして、よく嚙《か》みしめて食うと、これもなかなかうまい。

自分は蕗子さんに、先日訓練中、此《こ》の家の上空に敬意を表しに来たことがあると言い出すと、藤倉《ふじくら》が、

「そうか、俺《おれ》も実は此のあいだ、単独のときに来たんだ。蕗子さんの洋服の縞《しま》がよく見えた」という。藤倉は自分のときも蕗子さんが姿を見せたとおもったらしい。自分は急に気持を沈ませてしまった。蕗子さんは、

「吉野さんがいらしたのは何時ごろ？」と訊《き》き、上の方を向いて勘定するような眼《め》つきをしながら、「どうしてわたくし気づかなかったんでしょう。買い物に行ってたかしら。外へ出てたら、でも、よけい気づくわね。どうしてでしょう？」と、しきりに「悪かったわ」を繰りかえしていた。

「いやア……」と自分は笑ったが、藤倉が来たとき彼女が爆音に気づき、自分のとき気づかなかったというのは、偶然のような気もするし、ただ偶然ではないような気もして、すこし面白《おもしろ》くなかった。

はげしい吹き降りのなかを帰隊。汽車の窓ガラスが滝をながしたようになって、景色もなにも見えない。

一週間以上飛行作業が中止されていたが、ようやく燃料が到着し、天候回復次第再開されるということである。こんど飛行作業がはじまって、編隊の検定がすめば、機種が決定するだろう。艦攻を志望したことを後悔はすまい。虚心に命令をうけいれよう。出水の生活もあと十日か二週間である。

九月二十日

昨日「銀河」がまた事故をおこした。夕方七時半ごろ、暮れてしまった飛行場の南西の方角が急にパアッとあかるくなって、轟部隊の連中が大勢かけ出して行った。自分は現場へは行かなかったが、整備中の「銀河」に、離陸する一機が八〇ノットぐらいで追突したらしい。追突した方は、偵察員電信員即死、火だるまになってころげ出したという操縦員が間もなく病舎へかつぎこまれて行った。夜十時ごろ、病舎から八つの棺がはこび出される。

此のごろ総員起し時は未だくらく、風がつめたい。朝礼をおわり体操をしているうちに、矢筈岳《やはずだけ》のうえの朝焼けが、にじむように東の空にひろがりはじめて、やがてそれが黄金の色を帯びて来ると、黒く眠っていた山々がひとつひとつ眼をさます。きょうもそういう美しい朝明けのなかで、われわれが白一色の服装で体操をしているところを、病舎からさらに三つの棺がはこび出されて行った。昨夜の事故の犠牲者は、搭乗員三名、整備員八名、原因は不注意から、と。整備のむつかしい飛行機だそうである。「銀河」は一機八十万円、一ヶ月に八十機足らずしか生産出来ない。

轟部隊の大半はしかし、本日〇九三〇より、英霊を当隊にのこして、沖縄《おきなわ》へ向けて出発した。庁舎まえから一同士官バスで飛行場に到着、刀をにぎって、平日訓練に出るときと同じ顔をして乗り込んで行った。いつかの十三期の搭乗員が、「あと二十日して目ぼしい戦果がなければ、全滅したとおもってください」と言っていた。電信員が機上に立って棒のようなものを振り、「銀河」は尻《しり》をあげて威勢よく次々に離陸して行く。轟残留部隊、学生隊その他総員、滑走路わきに整列して、帽をクルクル振って見おくる。上空でみごとに編隊を組んで針路を南へ、間もなく見えなくなった。

われわれの方は、きょうから計器飛行がはじまる。訓練停止中に地上の模型のなかでは、ずいぶんきたえられた。操縦桿《そうじゅうかん》とゲージだけ本物のとおりに備えられた模型の、飛行機のかたちをした箱のなかへはいって、ホロをすっぽりかぶり、電気仕掛けでゆれるのを、ゲージだけみつめて正常の姿勢をたもつ練習である。いわゆる盲目飛行だ。

きょうからは空での実地訓練である。

教員同乗、教員が後席、われわれ学生が前席。背面だけひらいたホロをかぶる。離着陸だけは後席の教員がやってくれる。伝声管から、「計器飛行ハジメ」の令がかかって、操縦がこちらにうつされたとき、ちょうど高度一千。絶えず神経質に振れうごく計器の針を、正しく水平に置いてめくらで実際に空を飛ぶのはなかなかむつかしい。自分はすぐ左にかたむく癖がある。また、飛行機が頭をあげると針が水平のうえになり、機首が突っこみすぎると針がぐうと下る。「下っとる下っとる。こらァ」と伝声管から叱声《しっせい》がひびいて来る。編隊同乗のころにもよくこれをやられたものだ。教員の二飛曹《ひそう》が、「死ぬる気か」と言って伝声管のゴムの弾みをつけて、先の金具でうしろから頭をぶんなぐるのだ。それでも駄目《だめ》だと、「手をはなせ。両手をあげ」、大空で罰に万歳の恰好《かっこう》をして飛んでいるのは、あまりいいものではなかった。こんどはホロがあるから万歳はさせられないが、叱《しか》られながら其のあいだにも、他の速度計や高度計、油圧計、温度計などの計器類を始終にらみつけていなくてはならない。飛行時間約三十分、もっぱら海上を飛んでいたらしいが、むろん何も見えなかった。

第一回の搭乗が一と通りおわってから、飛行長よりいろいろ注意があり、其のあと余談で、陸軍の航空隊が、こんにちの航空常識からみておくれすぎていて、困りものだというはなしを聞かされる。天測航法は全然駄目、計器飛行もあやしげなもので、岐阜の各務ヶ原《かがみはら》を卒業した陸軍のパイロットたちが、卒業飛行に所沢まで行くのに、「富士山をずっと左に見て飛べば、絶対に迷うことはないから」と教えられ、其のとおりいつまでも富士山を左に見て飛んでいるうちに、富士のまわりを七遍まわり、燃料がつきて不時着したのがいるそうである。われわれはそんなみっともないことには、ならないで済みそうである。陸軍機は此のあいだまで、九州から台湾への渡洋飛行も不可能だった由《よし》で、海軍機が先導してやるのだが、それでも台湾へ着いてみると、いなくなっているのがたくさんいたものだという。日本軍――殊《こと》に日本陸軍の精神主義、技術蔑視《べっし》のひとりよがりは、国をあやまること甚《はなはだ》しいものがあったと、飛行長ははなしていた。

二回目のとき、やや自信が出て来る。これが出水での最終の課目である。赤トンボを卒業するときがちかくなった。もっとも、むかしなつかしい赤トンボは、われわれが燃料不足で飛行作業を中止していたあいだに、全部草色に塗りかえられてしまった。

九月二十七日

出水の学生舎で寝る最後の晩が来た。

機種が決定したのが二十二日。自分は艦上攻撃機、宇佐行き。藤倉も艦攻、宇佐。坂井は、先月末一機飛んで来て派手なスタンド・プレイをやってみせた「彗星《すいせい》」を見て、ふらふらと艦爆を志望し、艦爆に決定し、しかし同じく宇佐行きである。三人はよほど悪縁がふかいのであろう。宇佐へ行く者は艦攻六十七名、艦爆四十五名で、明朝出発する。

きょうは夕空に虹《にじ》がかかっていたが、いつか消えて、月のあかるい晴れた夜になった。夜空の雲がよく見える。松島へ行く連中が今夜出発するので、学生舎のなかはごった返している。若月ともこれでわかれである。みんなはそれぞれ、もうあうことはないと知っているのだが、あわただしいなかに、ちょっと廊下でたちどまってはなすことは、

「オイ。こんど出あったら、うんと飲もうぞ」と、そんなことばかりだ。誰も彼も気持よくさっぱりしている。貸与品は返納、行李《こうり》はトラックでおくり出す。荷物もみんなごくすくない。身のまわり品も、郷愁も、友情も、われわれは多くのこしてはなら

ないのだ。今夕は壮行会。月明の朝拝場に机をならべて、冷凍魚のくさい刺身と、吸物、赤飯、あんこのよくついていないまだらはげのおはぎが二つ、ビール一本。それでも意気大いにあがり、声をはりあげ魂こめてみな唱《うた》う。鞍馬天狗《くらまてんぐ》の飛行長は、胴あげにされていた。

昨日は午後から終業飛行だった。二十七機の編隊で、阿久根より米ノ津へ進入する。くもっていて遠くの山は見えなかったが、高度六〇〇で桜島をのぞみ、高度千で高千穂が見え、千五百で阿蘇《あそ》の見える、此の飛びなれた空ともわかれである。いつも目標にしていた水俣《みなまた》の日本窒素の煙突とも。自分は第一中隊第一小隊の二番機、気持よく飛ぶことが出来た。

ついにわれらのあいだからは、一機の事故も出さなかったが、自分は終業まぎわになって、あやうく二度事故をやりかけている。あとで考えると、かえって恐怖をおぼえる。いま死んではまったく犬死だ。第一回目は機種の決定した日、計器飛行互乗で、Dが前席、自分が後席でさきにホロをかぶり、上空では具合よく行った。「計器飛行ヲハリ」で操縦をDにわたし、着陸のさいDはホロを考慮して約六〇ノットでパス（着陸コース）に入ったが、五メートル引起しの高度判定が高すぎ、七メートルぐらいで操縦桿を引いたらしく、おまけに操縦桿の利《き》きがよすぎて、半分ほど引いたとき、約四メーターで飛行機は失速となり、落ちた。自分はホロのため視界がきかないが、高いナとおもううちに、急に身体《からだ》が沈み、ドンというショックと共に飛行機は尻を据《す》えて、ぐるりと左に振りまわされた。怪我《けが》はなかったが、練習機は左脚を折損してしまった。二回目は其の次の次の日、海上を飛ぶと、眼界はるか、海と空とが合するところ、連山の湧き出たごとく、あるいは海原にかかる大瀑布《だいばくふ》のごとく、横にのびた巨大な渦《うず》巻く雲を見、それに見惚《みと》れて飛んでいるうちに、不意にプロペラがとまった。アルコール混入燃料のせいだ。さっと身体中に冷汗が湧き、あがってしまって、教えられた応急処置がなにも出来ない。とにかく急降下にうつると、人を馬鹿《ばか》にしたように、プロペラはまたバリバリと廻転《かいてん》しはじめた。

一昨日は深井家にわかれの挨拶《あいさつ》に行って来た。赤の御飯を炊《た》いて待っていてくださった。池の真鯉《まごい》が味噌汁《みそしる》になって、われわれの門出を祝ってくれた。此の家の人たちの好意はわすれまいとおもう。隠し芸をひとつずつ出すことになり、坂井はトランプの手品をやってみせ、藤倉は「ランプひき寄せしらみ取り」という馬鹿な歌を身ぶり入りで唱う。自分は文楽の「東西々々」の声色、それから三人で「予科練の歌」を合唱した。そのうち蕗子《ふきこ》さんが、つと立っていなくなってしまった。涙があふれそうになったのだ。誰のために？　しかし、そういうことはおもうべきではない。さっぱりして別れなくてはいけない。

いま十時四十五分、スピーカーが、「退隊者整列五分マヘ。学生総員見送リノ位置ニツケ」と言いはじめた。帽を持って、松島行きの連中を送りに行かねばならぬ。

＊　　＊

藤倉の手紙

昭和十九年十月五日　大分県宇佐海軍航空隊より長崎県川棚《かわたな》町臨時魚雷艇訓練所

鹿島芳彦あて

九月すえに俺たちは此所《ここ》へ移動して来た。別府から汽車で一時間半ばかり、宇佐八幡宮にちかい野中の航空隊だ。駅館川《やつかんがわ》という妙な名の川が、そばをながれている。いわゆる軍規風紀はきわめて厳正、日豊《にっぽう》本線の柳ケ浦という駅にはじめて降り立ったとき、樫《かし》の棍棒《こんぼう》を持った士官が三人出迎えに来ていて、

「これからお前たちを徹底的に締めあげるから、其の覚悟をしていろ」という挨拶をした。一寸《ちょっと》暴力団に盃《さかずき》をしに来たような気持がした。以来毎朝、かけあしのおそい者、

欠礼をした者が、片っぱしからなぐられている。あごを食らわすことを、「日課手入レ」というらしく、一日最低三度はやられる。夜は、下士官にしめあげ、いじめられている幼い練習生たちのうめき声が、手にとるように聞えて来る。日本の崩落してゆくいきおいを、こういうことで食いとめ得るとでもおもっているのだろうか。

鹿島よ。ながい御無沙汰《ごぶさた》をした。しかし君が吉野や坂井によこすときどきのたよりは、その都度俺も見ているつもりだ。大竹でわかれて以後、君の手紙にちょいちょい勇ましげな言葉が見えるようになったのは、何時《いつ》ごろからだったろう。「貴様たちの万葉集を、俺へ手向けの玉串《たまぐし》とせよ」と、あんなことは君の本心だろうか？ 皮肉ではなく、如何《いか》にすればそういういさぎよい気持になれるか、ゆっくり君に訊いてみたいとおもう。ありていに言えば、君さえそんな風になってしまうことが、かぎりなく俺はさみしい。

不思議な時代ではないか。政治家も軍人も学者も詩人も、芋を食って笑って死ぬことは、繰返し繰返しうたうけれども、生きのこって日本を再建する方途は、誰《だれ》からも聞くことが出来ない。誰がそれを本気で考えているだろう。このはげしいながれのなかに立って、世界のうごきを政治的に経済的に冷静にみつめるためには、万葉学はあまり都合のいい学問ではなかった。そういう自信も力もない、ただ俺は自己の肌身《はだみ》の感じでこの戦争を拒否するだけだ。

大竹に入団するまえ、俺は幾人かの人に、戦争の前途について意見をたたいてあることがある。そのなかで、母方の親戚《しんせき》で南方からかえった海軍の少将と、中学校の先輩で肺病で左翼の地下運動をやっていた男と、この二人だけが日本の崩壊を予言した。親戚の少将は、日本が先頭に立って、アジアに於《お》ける英米の支配を押し返そうという波は、いつかは起る歴史上の必然の運動だった、しかしそのために日本のやったことは、タイミングをあやまり、ひとりよがりのあらゆるスマートでないことばかりで、いまとなって敗戦がほとんど必至であることは、数字の上からもあらそいようがないと言い、中学校の友は、日本が崩壊することは、気分的な敗戦論としてでなく、科学的な決着として自分は信じていると言った。二人の言葉はいまも自分の頭に焼きついている。俺はそのとき、へんな取り合せだが、海軍と共産党とに興味を持った。俺はそのとき、へんな取り合せだが、海軍と共産党とに興味を持った。二人の言葉はいまも自分の頭に焼きついている。だが海軍に入って、俺はいままでは、海軍というものにもうあきあきして来た。現在の日本海軍に、少数の意見が力を占めるような徴候はなにもないようだ。そしてまた、わずか数年のちがいで、左翼的な雰囲気《ふんいき》というものを全く知らずに学園生活をおくったわれわれは、マルクシズムのことは、ほとんどなにもわからない。たとい全面的に信じないにせよ、一度その洗礼を受けていたならば、こんにち俺たちはもっと、科学的な見とおしを立てる力を持てたのだろうか？

だが理窟《りくつ》はよそう。ただの臆病風《おくびょうかぜ》というものに過ぎないかも知れぬ。俺はその臆病風を押しころさねばならぬ理由が見出《みいだ》せないだけだ。死にたくない。俺はこのいくさに命は投げ出したくない。鹿島よ、力をつくして生きのころうではないか。吉野は君のけなげな手紙を見ると、そのたびに負けん気とあたらしい勇気とを起しているのだよ。あんまりいさましくはならないでくれ。

どのような訓練の日々を、君たちはおくっているか？ 俺たちの生きのこるための、最小限の必要事は、毎日の訓練で事故をおこさないことだ。ここへ来て、九七式艦攻の最初の慣熟飛行で、われわれのあいだから二人の犠牲者が出た。君はおぼえているとおもうが、大竹から一緒だったO（同志社）とH（函館《はこだて》水産）だ。同乗の教官は重傷を負ってすくい出されたが、二人は死んだ。原因はフラップを下げるとき機首が下る。それをタブ（補助板）で修正するのだが、そのタブをあやまって反対に捲《ま》いたらしく、高度二〇〇で引起しがきかず、あっという間に海へ突っ込んでしまった。主翼が海のなかで吹っ飛んでいたそうだ。搭乗《とうじょう》順で俺より二人まえの事故であった。はこび出された棺のなかには、少尉《しょうい》の桜の襟章《えりしょう》がかざられて、あわれな任官だった。龍谷《りゅうこく》大学出の学生が二人、軍服のうえに袈裟《けさ》を着て読経《どきょう》をし、各班員一時間ずつの交替で全夜の通夜《つや》をしてやった。海軍ではしんみりした通夜をきらい、生前酒好きだった男には、みんなで大いに飲んで霊をとむらってやるとのことで、それはいいが、備えつけの花環《はなわ》が一本足りなくて、甲板《かんぱん》下士官が、

「いいです。このつぎのこともありますから、ついでに一本買って来ましょう」と平気な顔をして言っていたのには、おそれ入った。きょうは俺たちの手で二人の遺骸《いがい》を中津の火葬場へはこんで行った。死体はすっかり色が変っているので、遺族の人たちには見せなかった。隠坊《おんぼう》は栄養不良で力がなく、重そうに面倒くさそうに、はやく火をつけてしまいたい風で、俺は胸がむかつくようだったが、遠方からかけつけた親たちは涙も見せず、放心して、そんなことにも無感動に、阿呆《あほ》のような顔をしていた。棺のなかにあるものが、自分たちの息子だとは信じられなかったのかも知れない。そして隊にかえって来て教官の言うことは、

「貴様ら、一人や二人の犠牲でショボショボするな。明日からはいままでの倍ぐらい締めてゆくぞ」と。

鹿島よ。毎日の訓練を最高の慎重さでくぐり抜けてゆこうではないか。死んで少尉の襟章などもらうまい。あと何ヶ月かはそれでやって行ける。だが、それから任官、実戦、出撃命令が出たら、どうするか？　理窟も愚痴もすべてはなんの役にも立たな

くなるだろう。そのときは、なんらかの非常の手段を取って、生きのこる途《みち》を講ずべきだと、俺は大分まえから思案しはじめている。その方法はまだ君にも言える段階ではない。卑怯《ひきよう》という字が頭のなかに無数にちらつくが、俺はあえてそれをはらいのけてやるつもりでいる。

なつかしいのはやはり、京都ですごした日々のこと。俺は自分のうっとうしいおもいと望京のこころとを、ながい手紙に託してE先生に書きおくったことがあるが、先生から得られたものは、ありふれた一通のはげましの葉書だけだった。先生としては無理のないことかも知れない。だがそのまえにも手紙をほとんど書かなかった俺は、そのあとはまた、誰にも手紙を書く気がしなくなってしまった。恩に着せるわけでも要求するわけでもないが、君はこの手紙に返事を呉《く》れるだろうか？　これを俺はつぎの外出日に別府から出すつもりでいる。返事をくれるなら、「別府市亀川《かめがわ》温泉、かぢや旅館気付」でくれ給え。そして君の外出先の宛名《あてな》も知らせてもらいたい。

さらば鹿島よ、くれぐれも健康で。

宇佐海軍航空隊

＊　　　＊

十月十三日（吉野の日記のつづき）

ここの厳格なひきしまった空気が、退嬰《たいえい》的で神経衰弱気味だった自分の心身に、よき影響をあたえてくれつつある。

朝、総員起し五分前、自分たちは起きて、ただちに飛行場へすっ飛んでゆく。暁闇《ぎょうあん》のなかで、格納庫の扉《とびら》をみなあけはなつ。格納庫のなかには、ハワイの海戦で活躍した九七艦攻が機首をそろえて待っている。朝拝、海軍体操、舞い戻《もど》って、飛行機出し方。すべて早がけ。下士官兵がうるさいほど厳格に敬礼してくるのも、自分のこころをひきしめてくれる。全機曳《ひ》き出して、翼展張。それから自己の搭乗割を見て、座席に落下傘《らっかさん》、クッション、伝声管を装備し、燃料、油、機体各部の綿密な点検をおこなう。そうしてここちよく空《す》いた腹に、あつい味噌汁で朝飯。おわれば飛行服に着更《きが》えて、ふたたび飛行場へすっ飛ぶ。

ここへ来てから、身体の調子は上々だ。くしゃみも出ない。精神の爽快《そうかい》な積極性を、自分はようやく自分のものにしつつあるような気がする。それはあきらかに肉体の健康と関聯《かんれん》している。積極と消極と、これはそれほどかけはなれた両極のものではない。海軍にたいする批判も、戦局の不安も、自己への疑惑も、すべて前向きの積極的なもののなかへ統一してゆかねばならない。

新聞には、台湾に敵艦載機来襲の報あり、其《そ》の機動部隊は、アメリカの太平洋艦隊のほとんど全部であると。まさに尋常の奮励で恢復《かいふく》し得る様相ではないのだ。OとHの殉職についても、ながくいたずらな感慨にふけるべき時期ではない。われら五千の、十三期十四期予備学生出身のパイロットが、二万の練習生をひきいて死地について、はじめて戦局にもあたらしい転機がおとずれるであろう。

「海戦」という小説を読んでいたら、「自分は覚悟を固体としてさがして来た」という作者の告白があった。しかり。ながれるように自然にこころのうちに充実してくるものこそ、ほんとうの覚悟なのだ。あらゆる矛盾を浸して、潮のように、自分のなかにもそれは満ちて来つつあると、いまよろこびをもって自分はかんじる。

きょう九七艦攻離着陸同乗四回目。

高度八〇〇。後席に乗ってうしろを向いて見張をしていると、出水《いずみ》空当時の中練よりも、はるかに高速で飛んでいるのが、はっきりわかる。プロペラは金属性で、エンジンの音もちがう。低翼単葉、上昇率よく、たちまち高度があがり、如何にも実戦に活躍した一流機に乗っているおもいだ。速度のはやい飛行機は、曲ろうとおもったときにはもう曲っていると言われるが、たしかに、操縦桿《そうじゅうかん》をちょっとうごかせば敏感に曲り、目安がなかなか立てにくく、はやく精密高度計と昇降度計と前後傾斜計とで、それぞれの姿勢を読みとることをおぼえなくてはならない。七メートル引起しは、中練より楽だ。三回のうち二回はどんぴしゃり接地し、気持がいい。最後にぐっと引き切った方がいいようだ。

飛行ヤメ一四〇〇。其のあと、十日分の航空糧食として、サイダー一人一本。肝油六袋、高度飛行食二袋、チョコレート一包、パインアップル大罐一箇《かんこ》。ほかに一班十二名に、二升の蜜柑酒《みかんざけ》、疲労恢復剤二本、オレンジシロップ二本、レモン二本、コーヒー一本、甘酒一本が支給される。ならべたところ豪奢《ごうしゃ》なもので、みんな相好《そうごう》をくずしていた。其のうえここでは、毎日朝航空食、昼ミルクまたは卵、夕おはぎ一、乾パン一、オレンジジュース一杯、隔日に海苔巻寿司《のりまきずし》がつく。いま娑婆《しゃば》で、誰がこんなめぐまれた食事をしているだろう。奮起せざるべけんやである。

十月十七日

台湾沖航空戦の戦果が、相ついで入って来る。まことにめざましいものだ。航空母艦十一隻《せき》撃沈、三隻撃破。戦艦二隻撃沈。巡洋艦三隻、駆逐艦一隻撃沈。合計撃沈四十余隻。新聞にも神機来たるとあり、其の言葉も素直に受けとれる。よくやってくれた。

戦果のかげに、味方の未帰還機三百十二機をかぞえる。地上でやられたもの、被弾不時着等を加えれば、使用不能になった飛行機はおよそ七、八百機か。搭乗員も千名ちかくうしなわれたものとおもわれ、ほぼ第二航空艦隊の全滅とひきかえにした戦果のようである。出水でしばらく一緒だった轟《とどろき》部隊の銀河も、大部分これで散ったであろう。われわれもいつの日か、此《こ》のように戦うのだ。作戦部のこんごの賢明な処置だけをいのりたい。

朝、此の戦果を耳にしているところに、霧のなかを、無線の鉄塔すれすれに、傷《きず》ついた艦上爆撃機が二機、当隊へ不時着して来た。搭乗員は、昨日の攻撃に参加した上飛曹らで、台湾から内地へ飛行機を受け取りにかえる途中、天候不良で降りたのだという。

彼らの話を聞くに、敵の艦隊は目下五ノットの速力で遁走《とんそう》中とのことで、しかも敵の上空直掩機《ちょくえんき》は皆無、こちらに余力があれば虱《しらみ》つぶしに沈めてしまえるのだが、我が軍にもう、追撃をかける飛行機がないと。五ノットと言えば、ボートの速力だ。無念でたまらない。搭乗員たちはしかし、肩肘《かたひじ》張った調子でもなく、ぼそぼそとはなしていた。さすがに眼《め》だけが未だ生々しく、異様に殺気立っている。

十月十九日

夕方、午後の便で来た川棚の鹿島からの葉書を受け取った。

「たがいにながい無沙汰をした。飛行機の姿を見ると貴様たちのこと恋しく、芒《すすき》がゆれた、雀《すずめ》が鳴いたでもいいからたよりがないものかとおもいつづけていたら、昨日、誰あろう藤倉から長文の手紙が舞い込んで来た。藤倉はしかし、いつまでたってもあまりに藤倉《ふじくら》で、そのうち返事を出すつもりではあるが、いつかの『万葉集を玉串とせよ』に叱言《こごと》を言って来られて、とみには俺《おれ》も志の述べように困っている。貴様たちは、始終なにか高級な形而上学的《けいじじようがく》（？）な議論をしているらしいが、航空隊は暇なのか？

こちらは秋立つと日々海は荒れて、ひるはひねもす潮沫《しぶき》をあびて海のうえを吹っ飛びながら、波と風の声のなかにくらし、夜はおそくまで、航海暦、潮汐表《ちようせきひよう》、水路誌を座右に勉強をしている。詩も短歌もつくる暇はない。ここで俺はひとりぼっち、貴様たちはそちらでいまも万葉の三人づれ、仲よくくらしてくれ。藤倉を疎外《そがい》するな。藤倉の言うことは八分も九分もほんとうだ。しかし――、ほんとうのことはほんとうのこととして、さもあらばあれ死出の支度をいそがねばならぬのが、背負わされた俺たちの運命ではないかとおもうのだが」と書いてあった。

夕食後藤倉に、

「鹿島にどういう手紙を書いたんだ？」と訊《き》きに行ったら、藤倉は黙っていた。

鹿島の葉書には「面会厳禁」の朱印が押してあり、魚雷艇はわれわれより一層きびしい訓練を受けているもののようである。

十月二十一日

雨つづきで飛行場が使用不能のため、明日の日曜とさしかえで、外出が許可になった。しかし一日中いろんなことが気持のうえで齟齬《そご》を来たして、気分のわるい外出日であった。

まず、別府に向う汽車のなかで、坂井が得意そうに、且《か》つ秘密らしく、いつかの出水空のD兵曹《へいそう》の自殺のほんとうの原因というのをはなし出した。D兵曹は性病にかかっていたのだそうだ。急降下をやると、加速がかかって普通の者でも頭がくらくらするが、性病の治療にズルフォン剤を飲みつづけていると、特殊飛行の訓練が肉体的に非常に苦痛になって来て、急降下のときに眼がくらんだまましばらく覚めないことがあり、精神的にも其の苦痛に耐えられなくなってしまうのだ、と。其のこと自体は格別現実暴露というほどのことでもなく、あるいはそうかとおもったが、自分はそんなはなしを聞きたいような気分でなかったうえに、坂井が軍医長から聞いたと、さも秘密らしく、われわれも注意しなくてはと、一大事のように言うので、其の調子にいや気がさし、きょうは一人ですこしぶらぶらしたいからと、別府の駅で坂井とわかれた。

藤倉とも、夕方「かぢや」で落ち合うことにしてわかれた。

流川《ながれがわ》通りを、ひとり山の方まであるいた。別府の沖に航空母艦が一隻入っているのが見えた。それからもどって、此のまえも来た千疋屋《せんびきや》に、「只今《ただいま》海軍さんの時間です」という札が出ているので、入って柿《かき》と無花果《いちじく》とを食べ、魚のフライと豚肉の煮つけで昼飯を食おうとしていると、となりの席でビールを飲んでいた大尉が自分にはなしかけてきた。宇佐空の予備学生だと名乗ると、

「貴様らの士気はどうだ？　勝ち目の出ない海軍に引っぱられて、憂鬱《ゆううつ》なんだろう。そうだろう？　顔に書いてあるぞ」とからむようなことを言うので、

「いいえ。みんな張り切っております。ことにこんどの台湾沖航空戦の大戦果を聞いてから、此の勝に乗じた時期に、私たちもはやく技術をマスターして、空母と刺しちがえに出て征《ゆ》きたいとおもっています」と答えると、大尉は急に不機嫌《ふきげん》になり、叩《たた》き

つけるようにビールのコップを卓にガチャンとやって、

「大言壮語はやめろ」とひくい声で怒鳴って、自分をにらみつけた。びっくりしてしばらく彼の顔を見ていると、

「お前は、大戦果の大本営発表を信じておるのか?」と言う。

「信じてはいけないのですか」と言いかえすと、大尉はまた急に、カラカラと高笑いをはじめた。沖にいる「鳳翔《ほうしょう》」の乗組で、きたない軍服に短剣をダラリと下げて、相当酔っているらしく、なにか気分的にえらく自棄《やけ》気味になっているようであった。そして、

「ほんとのことが知りたいか?」と、昨日来フィリッピンのレイテ湾に、上陸の意図を持った敵の大機動部隊が、多数の輸送船をともなってあらわれていることを指摘し、

「お前はアメリカが、沈められても沈められても、無際限に航空母艦を繰り出す手品でもしているとおもうか」と言い、台湾沖の戦果も、夜間攻撃による目標誤認、欲目からの戦果の過大評価が無数に混入していると言って、

「戦局はお前たちがかんがえている五十倍ぐらい悪い。中央反省せよ。海軍報道部斬《き》るべし。一人前に飛べもしないお前たちまでが大言壮語をするな」とえらい不機嫌でビールをあおっていた。

「芋《いも》を掘ってやろうか？（器物などをこわしてあばれること）オンボロ母艦乗組の搭乗員の芋掘りを見せてやろうか」などとも言った。

自分は早々に食事を済まし、

「失礼します」と言って千疋屋を出たが、黯然《あんぜん》たる気持になってしまった。こんな兵学校出（だろうと思う）の士官がいるのにもおどろくが、いったいそれは「ほんとのこと」なのか。大尉が言うように、油槽船《ゆそうせん》や上陸用舟艇をいちいち空母とまちがえて突入しているのだったら、いつまでたっても敵の機動部隊の勢力がおとろえるわけがない。大尉のはなしでは、中央では半分それを承知しながら、其のまま大本営発表として国民に発表しているのだというが、まさかわれわれは、新聞の第一面に嘘《うそ》の数字をかざるためにかり出されてゆくのではあるまい。

しばらく興奮してあるいていたが、頭を刈るつもりだったとおもいついて、海岸通りの散髪屋に入った。床屋の匂《にお》いは庶民的ないい匂いだ。ふけ取り香水、チック、蒸しタオル、耳掃除。しずかな鋏《はさみ》の音をききながら、やっとすこし気分を落ちつけることが出来た。

散髪屋を出て、気持がよくなったので、黄楊《つげ》の細工物を売る小さな古い店に入ってみた。此のへんは黄楊の名産地だ。

「志可《しか》の海人《あま》は藻苅《めか》り塩焼き暇《いとま》無み櫛笥《くしげ》の小櫛《をぐし》取りも見なくに」

「君なくば奈何《なに》身装《みよそ》はむ匣《くしげ》なる黄楊《つげ》の小櫛《をぐし》も取らむとも念《も》はず」

久しぶりに自分は万葉集の歌をおもい出して、誰《だれ》かに可愛《かわい》い質のいい黄楊の櫛をおくってやりたいとおもい（——誰かというのはじつははじめから頭にあった）、それでもさんざん迷ったすえに、結局なまめかしいかんじの、まる味のあるのを一本もとめて、水俣《みなまた》の深井蕗子《ふきこ》さんにおくることを頼んだ。しかしそれから一時間ほどして、亀川温泉の、下宿のようにしている旅館まで来、かしわの刺身で蜜柑酒を飲んでいる藤倉坂井たちと一緒になると、自分はやはり、ひとりこっそりそんなことをしたのを後悔し、ひどく憂鬱な気持になって来た。三人共同でならともかく、自分だけがそんな贈り物をしたことを、蕗子さんも蕗子さんの両親もどう取るだろう。まったく無邪気に受け取ってくれるとはおもえない。自分は自分の気持と特別な好意とが示したかったのだが、それを無視されれば不愉快だろうし、それを受け入れられてもやはり困る。蕗子さんに恋情をいだくことは仕方がないが、一年以内にほぼ確実に死ぬ者が、それを表白することは、自分をも相手をもみだすだけで、其のほかにどんないい結果をもたらさない。取り消そうかとおもって、櫛屋の電話番号をしらべたが、わからなかった。

つまらないことをした。解放された一日のおわりに来るものは、つねににぶい憂愁であるが、きょうはいろんなことで、特に其のおもいが濃い。「かぢや」で温泉に入り、蜜柑酒を平らげて黙しがちになって十時まえ隊にかえる。

十月二十五日

朝、空襲警報が出る。B29が四団にわかれて済州島の上空を内地へ侵入中との報に、指揮所へかけつけ、しばらくして防空壕《ぼうくうごう》へ退避する。

本日雲量九、雲高六千乃至《ないし》七千、敵機の高度約五千。壕からのぞいてみると、北西の雲の切れ間からうつくしい飛行雲があらわれ、ながくながく雲の尾を曳いて東進する。遠くはじめて米機の爆音を聞いた。スポーツを見ているようなかんじで、暢気《のんき》であった。

われわれはしかし、此のところずっと飛行作業が休みで、身体《からだ》がくさってスカスカになっている。ガソリンが逼迫《ひっぱく》していて、学生に割当ての燃料はいままでの半分、作業はよく行って二日に一回、教育期間も延長されて、任官は十二月二十五日。予定よりおくれること三ヶ月である。ドイツ軍はアヘンを撤退した。ラインの線は破られるであろう。ドイツの命運はもう先が見えている。此のさき日本はどうなることだろう。退避中、分隊長が傍にいたので、そんなはなしから、先日「鳳翔」の大尉に聞かされたことを率直にただしてみた。分隊長の言うには、「夜間攻撃で目標の誤認ということは、よくあることではあるが、日本の大本営発表は敵側でも信を置いているくらいで、それほど重大な作為的なあやまりはないとおもう。『鳳翔』は実用機に使用出来ない、いつも瀬戸内海で行動している練習空母で、戦艦『山城』などとおなじく、身体をこわして進級のおくれたような乗組員が多く、いろいろ鬱積した気持から、外出先などでも君たちにそういうことを言う者があるのではないか」と。すこし安心する。自分は海軍にたいして種々批判もあるが、あの「鳳翔」の大尉よりは、まだ海軍を信じる気持がつよいつもりだ。

十月二十九日

本日も飛行作業なし。

比島方面の艦隊決戦、またまた大きな戦果があがる。

聯合《れんごう》艦隊長官の、

「天佑《てんゆう》を確信し全軍突撃せよ」という飛電のもとに、いまどき珍しい艦隊の主砲をもっての大海戦がおこなわれたらしい。しかしレイテ湾を中心にして蝟集《いしゅう》している敵空母の数は百隻にちかいといい、十九隻撃沈が全部確実でも、なお徹底的な打撃ではない模様だ。まったく敵の物量にはあきれはてる。Gが、「キング・コングとけんかしているようなもんだなあ」と言うので、緊張のうちにもみな笑った。

戦艦武蔵《むさし》は、魚雷六本を受け、なお二十ノットで航走しているというはなしを聞き、さすが不沈の名に恥じずたのもしいとおもっていたが、其《そ》のあと、極秘中の極秘情報として、武蔵沈没がつたえられて来た。言うに言葉がない。自分が出水で其のうえを飛んで叱《しか》られた世界最大の戦艦も、いまは無いか。誤聞であってくれればよいとしきりにおもう。

十一月一日

きょうは午後から飛行作業があるということだったが、電話がかかって来て、また中止。班のなかには、椅子《いす》にのけぞって絶望的に笑い出すものもあった。

蕗子さんから、黄楊の櫛をたいへんよろこんだ礼手紙が来た。自分は自分のしたことと他眼とを恥じて、すぐ手紙をかくしたが、夜、ベッドのなかでは、やはり取り出して三度も四度も読みかえした。櫛の礼のほかはわりにあっさりしたもので、安心したり物足りないような気がしたりしたが、其のあとは半分夢のように、書くのも恥ずかしい空想を、ながいあいだしていた。

「藤倉さん坂井さんにくれぐれもよろしくおつたえ下さいませ」とあるが、よろしくつたえるわけには行かないではないか。

午後、飛行場の修理作業。水を除いて土を入れる。いわば土方だ。第三航空艦隊の宇佐進出にそなえて、いま東側であたらしく滑走路をつくっているところの残土を、もっこでかついで来ては穴を埋めるのだが、もともと此の飛行場は粘土質の土地で排水がわるく、凹凸だらけで、傾斜もうまく行っておらず、半分もやらないうちに課業ヤメの四時半になった。東側の滑走路では朝鮮人の人夫がたくさんはたらいているが、実際せいを出してやっているのはほんの数人で、あとの数百人はただのろのろとうごいては、立ちどまってぼんやりあたりをながめていて、まるで気がない。頭で朝鮮民族のことをかんがえて同情していたときとは、大分ちがった気持を持った。

飛行場整備でおもい出すのは、教官から聞いたはなしで、ガダルカナルでもアッツ島でも、敵が上陸して飛行場を占領したのは、いつも味方の飛行場建設が完成する一週間くらいまえであったという。こちらの施設部隊が人力で、ながいあいだかかって営々として整備して来た飛行場が、いつも出来上る一寸まえにうばわれ、そうして敵はそれを機械力で一ッ気に完成し、一両日で攻撃隊を発進させるそうである。

比島戦で第一航空艦隊が出撃させた神風特別攻撃隊というのは、異例の攻撃部隊で、みんな戦闘機に特殊爆装をして、飛行機ごと体あたりをしたのだという。まったくそういうおもい切った措置でも取らなければ、此《こ》の状態はどうにもならない。落伍《らくご》するものはしたらいい。自分はもうそんなことを、それほどおそれはしないつもりだ。いつ九七艦攻単独になれるのか、飛べないことだけが心配である。

神風隊の指揮官S大尉は、ここの艦爆出身で、われわれが来るすこしまえに宇佐を出て行ったのだそうだ。別府の千疋屋では神風隊のニュースを聞いて、ついこのあいだ、「俺が死んだら、汁粉《しるこ》と果物をそなえてくれ」と言っていらしたのにと、女たちは泣いていたとか。

十一月五日

久しぶりにようやく飛行作業。本日より編隊飛行である。高度五〇〇で見おろすと、なるほどわるい飛行場だ。いちめんの水沼である。冗談をいう者があって、「飛行場をいちどアメリカさんに占領してもらうといい」と。中練とちがって、惰力がなかなか止《や》まないから、編隊は相当危険である。間隔の観念も得にくい。七十五ノットで着陸し、あごを三発。罰金を一円五十銭取られる。列線に入れるときぶつけて尾部をこわしたMはギザ（五十銭銀貨）十枚。黒板の消し方のわるい者が二枚ずつ。此の分では、飛行作業さえあれば、卒業までに相当たまるだろう。前期は二千円ためたそうだ。

降着すると飛行機の手入れがたいへんである。泥《どろ》んこのなかを走った者は、翼のうらも胴体の下も泥だらけで、それを拭《ふ》きおとすのがひと仕事である。

雲間から太陽の光が扇形に射《さ》しこんで来て、やがてすっかり澄んだ高い秋空になる。練習生たちが、急降下爆撃の訓練をやっている。ときに猛烈なうなりを立てて、指揮所の上空、もう駄目《だめ》だとおもうところまで降りて来る。さかおとしに一直線に来て、翼端に雲を生じる。あまり低くまで来たので、屋根にとまっていた鳥の群が、はじけるように八方へ飛び散って行った。もう半秒おそく引き起していたら、大地に激突していたであろう。機上では精度ばかり気にして、怒鳴られるので、危険の方はわすれているのだ。

飛行長から、

「みんなが提出する所感を見ると、人格の錬磨という言葉がよく出て来るが、人格の錬磨も必要だが、いまわれわれは戦争に勝てる人間が欲しいので、悪人でも敵をたおせる奴《やつ》なら使える。技術の錬磨に必死の努力をせよ」と言われる。もっともではあるが、飛行作業中止、中止で、技術の錬磨を言われてもなかなか無理というものだ。

本日また航空糧食の配給あり。葡萄酒《ぶどうしゅ》、紅茶、熱糧食、あめ湯の素《もと》など、あたらしいものばかりであった。

十一月十日

来《きた》る十四日の相撲大会を前にして、兵学校出の偵察《ていさつ》学生とわれわれとの葛藤《かっとう》がとみに表面化している。どこの海軍部隊でも、海兵出身者と予備学生との軋轢《あつれき》は、意外にはげしいものがあるらしいが、こんどの場合はこちらに学生相撲の選手など相当の猛《も》者《さ》がそろっているため、偵察学生の側に勝ち味がうすく、それの焦慮から最近何かにつけ、無理にもわれわれの過失をさがして、意地のわるい手段で修正を加えて来るのである。けさも朝礼のとき、偵察学生の甲板《かんぱん》士官見習から、「予備学生は朝礼後のこれ」と申し渡される。まずいことに、昨日別科の体操のとき、机の上に極秘図書の赤本を出し忘れていた者があり、それを没収されていたのだ。総員先《ま》ず一とわたりやられた。彼らはなぐり方が下手で、其のくせ猛烈だから、餅《もち》をつくような音がして妙に痛い。それから、

「機密保持に関して無頓着《むとんちやく》なのは、お前たちの精神が新兵以下だからだ。値うちにふさわしい修正を見せてやる」と言って、兵舎から集めて来た新兵の水兵帽を一人々々にかぶせ、二十分間「前へ支え」をやらされた。口惜《くや》しさに涙をうかべている者もあった。出来るだけ屈辱をあたえるようなやり方でいじめれば彼らは気が済むので、軍紀の維持とか後輩の補導とかいうのとは、別のことである。偵察学生の少尉たちのなかでも、こうした真似《まね》を主導するのは六、七名の中心的人物と、それに雷同する十人ばかりの人間で、なかにはわれわれにたいして態度の鄭重《ていちょう》な人も大勢いるが、こういう際はかならず粗暴な連中の気分が全体をリードし、そしてわれわれは階級という壁で、正面からはなんの反抗も出来ない。

　十三期の後期（われわれのすぐ前のクラス）が任官して当隊に来たとき、彼ら偵察学生は未だ任官前の候補生で、予備学生との階級的立場はいまと逆であったが、其の

頃も両者の間には無数のトラブルがあったらしい。ある時欠礼をした海兵出の偵察学生を十三期の少尉がなぐったところ、其の晩十三期は全部講堂に集められて、「予備学生出身士官は海兵出身者の補助的存在に過ぎぬ。其の予備士官が兵学校出の候補生をなぐるとはなにごとだ。海軍兵学校の光輝ある歴史がけがされた」という無茶苦茶な言い草で、偵察学生附の中尉大尉連中から、寄ってたかってなぐられたそうである。其の頃《ころ》の十三期にたいする憤懣《ふんまん》も、われわれ十四期に廻《まわ》って来ているのだ。

うっかり欠礼をすれば無論のこと、腕組みをしていたり、口笛を吹いたり、ポケット・ハンドをしていたりすると、すぐ偵察学生がすっ飛んで来て、それもすぐには修正を加えず、

「今晩八時に来い」とか、「別科修了後来い」とか、数時間いやな思いを味わせておいてから彼らの部屋に呼びつけて、面白《おもしろ》半分に幾人もで寄ってなぐる。飛行場のまんなかで、わざと下士官兵の面前でなぐることもある。われわれの間では目下、気持を押し殺して、

「日常の態度を慎重にしろ、相撲には絶対負けるな」というのが合言葉になっている。選手の練習ぶりは、顔つきが変っていて悲壮だ。

相撲大会の方案は、昨日、双方から七人ずつの組を二組出し、トーナメント方式で

行うということが公布された。ところがこちらの選手の練習ぶりを観察に来ていた偵察学生の方で、やはり勝ち味が乏しいと見たらしく、きょう午後になって、「九名一と組にしてくれ」と言って来、それを拒絶すると、そのあと又、「十五名ずつの総あたり式にしてくれ」と申し込んで来た。理由を聞けば全然あいまいで、はっきりした根拠は何もない。階級を笠《かさ》に着て、何とか勝ちいいように方案を変えてしまおうという腹なのだ。われわれ娑婆《しゃば》の学生時代、スポーツの他校試合で、どんなに勝ちたくても、こんな汚いことは言ったことがない。

　彼らはみんな十九歳から二十歳《はたち》、それで煙草《たばこ》を吸い酒を飲み、そろそろ女を買いに出ている者もあるらしい。そして世間からは、日本で最も気高い戦士、国民の師表とおもってもらわねばならぬ。彼らの眼中にはわれわれ「自由主義教育に蝕《むしば》まれた」予備学生などは、なんとなく眼《め》ざわりな、混り物の多い、厄介《やっかい》な人間の集団としか映らぬのであろう。彼らのプライドというのは、何といういびつで奇妙なものか。

　何年かまえ、神戸の三好《みよし》の叔父さん（母の弟）の次男の貞之が、幼年学校志望でどうしても親のいうことを諾《き》かず、とうとう志を徹してそこを卒業したとき、母と一緒に祝いに行くと、ちょうど貞之はいなくて、叔父さんが、「なんや知らん、けったいなもんが出来て来よったで」と苦笑していたのを、自分は憶《おも》い出す。

大会まであと四日。われわれの指導官附S中尉N中尉《ちゅうい》（共に兵学校出）の心理状態も、なかなか複雑なものがあるらしい。

十一月十三日

藤倉《ふじくら》がまた問題をおこした。彼の敗戦論もいいが、ときどき羽目をはずすので困ることがある。真面目《まじめ》に考え、話している場合には、意見がちがっても自分たちはそれを真剣に聞く事も出来るが、今日のようなことは論外で、はたの者が迷惑をする。

昼食後、煙草盆のところで、坂井が「葉隠《はがくれ》」を出して見ているのを藤倉がのぞき込んで、「葉隠」の四誓願、

「一、武士道に於《お》いておくれ取り申すまじき事、

一、主君の御用に立つべき事、

一、親に孝行仕《つかまつ》るべき事、

一、大慈悲をおこし人の為《ため》になるべき事」

というのを、一々、

「一、餓鬼道に於ておくれ取り申すまじき事、
一、自分の御用に立つべき事、
一、親に孝行仕るは死なざる事とみつけたり」
などと言い変えて茶化しているのを、ちょうど明日の相撲大会の打ち合せに来ていた偵察学生のY少尉に聞きつけられ、それでなくても殺気立っているところで、早速呼びつけられ、三十分ほどして藤倉は顔を岩のように腫《は》れあがらせて帰って来た。其のあと問題は分隊長から副長まで持ちこまれたらしく、これは藤倉がひとりなぐられただけでは済まないだろう、総員修正か、もしかすると藤倉は懲罰、みんなは外出禁止ぐらい食いそうだという話で、藤倉を非難する者、なぐさめる者、いろいろで心配していたが、夕刻になって先任学生と藤倉だけが副長室に呼ばれ、案外簡単にけりがついた。

「みんなおしゃべりでいかん。士官学生として少し言葉をつつしめ」と言われたそうだ。「但《ただ》し『葉隠』は軍人勅諭などとは性質がちがうから、これ以上追及するに及ばず。偵察学生のとった処置も職権外のことで、多少行き過ぎのようであるから、こちらで注意しておく。もういいから、忘れてしまえ」というえらく公平なお達しであったらしい。案外味なことをやる。副長は、猫《ねこ》騒動のときに鍋島《なべしま》藩を追われた浪人の子

孫だという説を出した奴がある。

汪精衛《おうせいえい》氏が名古屋の病院で死んだ。

十一月十四日

相撲大会。

道場うらの二つの土俵に紫の幕が張りめぐらされ、四本柱には錨《いかり》のマークの入った海軍毛布が巻きつけられて、正面に司令はじめ士官室、第一第二士官次室の士官たちの席、其の左右は偵察学生と予備学生の席、其の周囲が全部下士官兵で埋められる。

最初の方案通りトーナメント方式で、一三〇〇より兵員分隊の対抗試合があり、準決勝が済んだところでわれわれの予選になった。それまで賑《にぎ》やかだった土俵のまわりは、急に水を打ったように、無言の殺気がみなぎる。土俵上の各選手の態度、礼儀はなかなか厳正だ。一組は一点の差でこちらが勝ったが、二組は一点の差で負け、結局予備学生の一組と偵察学生の二組とが決勝を争うことになった。其のまえに兵員分隊の決勝戦があり艦爆練習生が勝ったが、みんなよその試合にはとんと興味がない。

いよいよ先鋒《せんぽう》村瀬学生と向うのK少尉とが土俵にあがって、戦いがはじまった。立ちあがるとすぐ、たがいに猛烈に突っ張り合っていたが、やがて四つになり、村瀬寄られて身体《からだ》が弓なりになったときは、胸がどきどきし冷汗がながれ、自分はもう駄目だと思った。しかし村瀬は、早稲田《わせだ》の学生相撲で鳴らしただけあって、わずかに廻りこんで逃げ切り、次の瞬間、あっと思う間に一と息で押し出してしまった。どッと歓声があがる。二番目もこちらの白星。つぎに三番目四番目と敗れ、五番目勝って、六番目また敗れ、ついに大将同士の決戦になった。こんなに興奮した試合というものはない。鋭い声援が両方の席から投げつけられる。こちらの大将は立命館大学を出た十九貫五百の白崎で、われわれはみんな信頼していたが、それでも顔は火照《ほて》り、知らず知らず身体が前に曲る。白崎は見物よりもむしろ悠々《ゆうゆう》とした態度で土俵にあがり、立ちあがると、あっさりと何の危な気もなく、上手投げで倒してしまった。ちょっと皆あっけに取られ、しばらくして拍手が起る。ついに勝った。半月間の溜飲《りゅういん》がさがった。自分が戦ったように、すうッと気持が楽になった。

意気揚々と学生舎へひきあげ、

「おう、貴様」

「どうだ、貴様」と興奮してみんな無意味に肩を叩《たた》き合い、相撲のはなしで持ち切り。

夕食になって、指導官附のS中尉が会食に来る。どんな顔をするかとおもっていたが、率直にわれわれの勝利をよろこんでくれる。其《そ》のうち賞品のビール一箱、酒二本が持ちこまれる。十三期の少尉が二人、選手に礼を言いに来る。整備科のO大尉も来る。A軍医中尉も、主計科のJ中尉も来るし、艦爆の十三期の少尉は酔っぱらってお祝いに来る。それがみんな、ほんとうに嬉《うれ》しそうで、十三期はもとより、機関学校出も軍医も主計科も、平素より兵学校出にたいして相当ふくむところがあったらしいのが、よくわかる。来なかったのは一次室の海兵出の若手だけだ。

われわれは自粛してビール二人に一本ずつということにしていたが、飲んでしまうと周囲の連中がそれでは収まらなくなり、「祝杯」「酒追加」「祝杯」で、整備科のO大尉などは、

「酒持って来いがまことの恋よ」などと言って、自分でふらふらどこかへ出て行っては一升瓶《びん》を工面して来るし、主計科のJ中尉も自分の配給のビールを一ダース、従兵に持って来させる。次第に大騒ぎになった。軍歌の合唱がおこり、テーブルの食器がひっくり返り、

「敵はアメリカか兵学校か」などと言う者もあり、

「俺たちは日本のためにはつくすが、海軍のために死ぬ気はないぞ」などと言う者も

いる。すると酔った藤倉が、

「俺《おれ》は誰《だれ》のためにも死ぬ気はない」とわめくので、自分は彼の脛《すね》を蹴《け》ってやった。幸いひどい騒ぎで、声は遠くまではとどかなかったらしい。

「巡検用意」の声を聞いてようやく解散になったが、ビール百八十本、酒七升、其のほか得体の知れぬアルコール飲料相当。各自リンゴ十一、蜜柑《みかん》四。よくも飲み且《か》つ食った。巡検後、ふらつく頭で当直学生に立つ。

十一月十九日
小春日和《こはるびより》のあたたかな日がつづき、飛行作業はあったり無かったりで毎日をくらしていたが、今日二一時四〇分、久しぶりにS中尉より甲板整列の令がある。相撲大会の興奮もおさまったところで、何も叱《しか》られるような覚えはないがと、不審に思いつつ集まると、時間きっかり、S中尉は緊張した面持であらわれ、しばらくわれわれを見つめていたが、意外のことを申し渡される。
「明日より、お前たちの飛行作業を停止する」と。
「再開の見込みは当分立たない。お前たちの訓練用のガソリンは、補給の方途がつかなくなった。さきの捷《しょう》一号作戦（比島沖決戦）に、日本は国家の運命をかけた。戦果はよろこばしいものではない」そしてあとは感情が激して、つかえつかえ独り言のように、

「生といい、死といい、超えたとか、超えぬとか、言って来たが、何《なん》にもない、俺たちには、もうなんにも無くなった」と。

自分は頭がうつろになり、事態が充分に考えられない。宇佐へ来て一ヶ月半の間にわれわれが飛行機に乗ったのは十二日間、飛行時間はわずかに十時間と数十分、もしかすると此《こ》のまま、われわれは永久に決戦に取り残されたのだ。S中尉は最後に気休めのように、

「しかしアルコール燃料の解決がつき次第、かならずまた飛べるようになる筈《はず》だから、けっして気持を崩さないように」と言っていたが……。釣床《つりどこ》のなかへ入って、涙がとめどなくあふれる。自分の愛した家、学園、美しい京都や大和の土地、万葉集、すべてをようやくに振り捨てて、気持をひとつにひきしぼって来た者が、いま唯一《ゆいいつ》の自分の生き甲斐《がい》になりかかっていたことをまた捨てさせられるのか。のびのびと生きることも、いさぎよく死ぬことも、われわれは共に封じられてしまうのか。

十一月二十二日

日曜日課、外出。

昨夜思いがけず、父が別府に来ていて面会したいという電話があり、真っすぐに日名子旅館におもむく。自分はたのしい空想をいろいろにして行ったが、部屋へ入って最初に聞かされたのは、文吉兄さんの死であった。

去る九月下旬、テニヤンで部隊と共に玉砕を遂げたらしいと。やはりそうであった。父は手紙に書く気がせず、さみしさに耐えかねて、家業の都合をつけて自分に会いにやって来たもののようである。知らせを聞いて、母はかなり取りみだしたそうで、自分は自分が戦死した場合の母の気持も想像した。

部屋のちがい棚《だな》の上には、陸軍上等兵姿の兄の写真が立てかけてあった。すこし大き目の軍服を着て、如何《いか》にも生気のない憂鬱《ゆううつ》な顔に撮れている。兄は自分とは性格もちがい、教育や環境もちがい、それになによりもう、若くなかった。軍隊生活でも自分らのような青春の行きあしは無く、すべてのことは只々《ただただ》苦痛であったのではなかろうか。兄の死が、日本の頽勢《たいせい》の支えにどれだけの役をしたであろう。弱い兵隊で、多分何の役にも立たず、只かなしい気持で死んで行ったにちがいない。内地の留守部隊の隅《すみ》ででも、そっと生かしておいてあげたかったと思う。

ひとりで湯に入る。亀川《かめがわ》の旅館とちがって綺麗《きれい》な浴室で、底から湧《わ》き出る豊富な美しい澄んだいでゆである。自分は此の世を去った人間が、天国のようなところでもう一度人の形をそなえて暮しているということは、信じることが出来ないが、其の霊魂や肉体が宇宙のなかに還元され、水になったり霧になったり、山の木の葉になったりして、大自然のなかをめぐっているだろうということは、考える事が出来る。亡《な》くなって二ヶ月、海の潮のながれのなかにも、秋の雲のうえにも、此の温泉の湯のなかにも、兄はもう還《かえ》って来ているとおもいながら、自分は浴槽《よくそう》のなめらかな湯を、ながい間かきまわしていた。

出てみると、膳《ぜん》がはこばれていて、父は持参の桜正宗をつけさせ、海老《えび》の天ぷらで、兄の写真を前にちびりちびりやっているところであった。丹前に着更《きが》えて向い合う。旅館の人が自分のことを「坊ちゃん」と言うので、くすぐったいが、受け持ちの女中さんは、顔立ちも動作も、水俣《みなまた》の蕗子《ふきこ》さんによく似ている。すこし酒がまわった時、自分は甘えるような気持で、父に蕗子さんのことを言い出しかけたが、やはりやめてしまった。これがもし、戦争がおわってこうして父と食事をしているのだったら、自分も切り出したであろうし、父もおそらく喜んで聞いてくれるのであろうが。

家にあった関孫六《せきのまごろく》の弟子の兼六の短刀をもらう。研師《とぎし》の疵《きず》であろう、小さな疵があるが、匂《にお》いは中々見事だ。食後父と聖人の浜の方へ散歩に出る。下駄《げた》の感触が素足に快い。別府の裏山はすっかり紅葉していて、美しい樹々《きぎ》のあいだに此所《ここ》かしこ、白い湯けむりが立ち昇っていた。海はあかるく、真《ま》っ蒼《さお》に澄んで、静かな波が岩をひたしては引いて行く。ところどころ、浜にも湯が湧き出て、岩間を黄に染めて海へながれ込んでいる。

「お前が未だ生れなかった頃《ころ》、文吉をつれてお母さんと別府へ来たことがあるが、あの流川《ながれがわ》の通りで、あいつが玩具《おもちゃ》を買ってくれと言って道へ坐《すわ》って動かなくなったことがあった」と、父はさみしげに笑っていた。

三時頃日名子へ引きかえし、又湯に入り、夕食をして、父は明朝の船で帰るというので、別れて帰隊する。今日は五日月、夜汽車のなかはくらかったが、坂井や藤倉や村瀬や、みんな乗っていて、兄の死を聞いて自分をなぐさめてくれた。

十一月二十五日

空輸されて来た天山艦攻が二機、すごいプロペラ音を立てて、エンジンを一杯にふかして試運転をしている。尾部に整備員が五、六人、飛ばないようにしがみついているが、それでも片脚でチョークをめりめりと踏みくだいていた。うらやましい。「天山」の腹には二本の索で魚雷が吸いついている。魚雷は胴の真下に取りつけるものだと思っていたが、真中より一寸右寄りに取りつけてある。プロペラの後流と、照準器の都合に依《よ》ることらしい。

われわれは飛行作業取りやめで、自転車で編隊の訓練をやっている。指揮所における申告その他、規律だけは実際の飛行作業通り厳格だが、あとは自転車のうしろに飛行機の模型をつないで、エプロンを走り廻《まわ》る。何の役にも立たない作業なのだ。

戦況に関してはなんの報道もなく、我が軍の比島への補給はどうなっているのか、敵の補給路遮断《しゃだん》に何か有効な策があるのか、一切は不気味な沈黙だ。いまや味方の制式空母片手にみたず、巡洋艦双手《もろて》に足らず、瑞鶴《ずいかく》、瑞鳳《ずいほう》もすでに無いと聞く。S中尉《しょう》のはなしに依れば、先日の大村の空襲では、新鋭艦攻の「流星」その他、航空廠でまさに完成して配属されようとしていた飛行機が二百機、約八回の敵襲で全部やられてしまったという。何故《なぜ》逃げなかったのだろう。大村空は戦闘機隊の筈だ。済州島を敵が通過しているのがわかっていて、どうして味方の戦闘機は飛び立たないのか。また、別に、比島へ空輸中の戦闘機が百機、途中で敵のわずか四機の戦闘機にたかられて、ほとんど落されてしまったという事も聞く。味方の空輸戦闘機は到着地で武装する予定で無防備だったというが、到着地は戦場ではないか、そんな無茶なはなしがあろうか。四発長距離爆撃機「連山」も、三機出来て試験飛行で二機こわしてしまったと。或《あ》る人は「航空自滅戦」と言っている。なにか、もう、敵の思いの通りにされているような感じがして仕方がない。

夜、「戦線二万粁《キロ》」という映画を観《み》た。古いニュース映画をつなぎ合せたようなものだが、シンガポール攻略のころの写真を見ていると、実際隔世の感に耐えない。

十一月三十日

飛行作業なし。

うつらうつらと時が経《た》つ。食って、気休めの自転車による編隊地上演習をやって、食って、小説本を読んで寝るだけの生活だ。ちかごろ巻寿司《ずし》が無くなり、酒保は小豆《あずき》餡《あん》入りのパンだけだが、焼海苔《のり》の配給がどんどんあって、朝飯はたいへん美味《うま》い。漬《つけ》物《もの》にはかぶらが毎日出る。すこし防腐剤の匂いがするが、あの白い大根がらいところは好きだ。

健全な食欲と健全な性欲とをそなえた健康な肉体、それで豊富な精神活動をして、次の時代へよき子孫となにがしかの精神的な遺産をのこす、これが人間として一番のぞましい生き方だと思う。しかし国家の危急にさいして、われわれは肉体的にも精神的にも或る面を極度に抑制し、或る面だけを極度に発達させることを余儀なくされて来た。われわれは甘んじてそれに適合するように身を処して来たつもりだが、いま唯《ただ》食って、無意味な肉体労働をして、寝る生活に追いこまれてみると、自覚を持とうとする人間にとって、こんなみじめな事はないような気がする。飛行機乗りだということをエクスキュースにして、それこそ「餓鬼道に於《お》いておくれ取り申すまじき事」で、快楽をむさぼっていた連中を、自分はひそかに「戦う豚」だと思っていたが、これからはわれわれはみんな、「戦わざる豚」だ。

試験。インチキの大流行。流行するわけだ、豚が天測航法の理論を覚えてなにになるか。自分は他人のを見ないが、隣の奴《やっ》がのぞき込むのには自由に見せてやる。自分はインチキがいやなのではなく、点などどうでもいいとおもうから見ないのである。

物忘れがひどい。昨晩考えていたことが、今日はどうしても憶《おも》い出せないという事は毎日だ。川という英語が憶い浮かばなくて、いくら考えてもわからないので、坂井に訊《き》いたら、坂井も分らないという。傍にいた奴が変な顔をして、

「リヴァじゃいけないのか?」と言うので、

「ああそうだそうだ。リヴァだ」と笑った。

十二月四日

今日も飛行作業なし。

夕刻田中中尉《ちゅうい》という人がデッキにやって来て雑談をする。柔道五段、でっぷり肥《ふと》った人で、比島へ出撃の途中、視界不良で大分へ不時着して、ここへやって来たのだ。十七年の八月ブーゲンビル島東方で航空母艦「龍驤《りゅうじょう》」が沈んだときの話を聞く。部屋で窒息しそうになって、机の抽斗《ひきだし》をあけて新しい空気を吸っていたら、上官から、「そんなことをして、死ぬ時に何を吸っとるんだ」と言われたそうだ。それでも結局たすかった。今度は艦爆「彗星《すいせい》」の特攻隊で、天候回復次第比島へ進出して、偵察員《ていさついん》も乗せず、機銃もはずし、全く身軽にして、八十番を荒縄《あらなわ》でくくりつけて三百五十ノットで突っ込むのだという。

「二階級特進で、もうすぐ少佐だ」と笑っている。生命は捨てても、やはり名誉は要るものだろうか。それにしてもあと十日ばかりの命であろう。

此の中尉から人間魚雷「回天」のことや、ドイツのＶ一号のことなども聞く。Ｖ一号は地上演習機よりもっと小型で翼長も二メートルとはないらしく、無線操縦でロンドンを爆撃するらしいが、日本では技術的に無線操縦不可能で、これを模した火薬ロケット推進の小型機に、人間が乗って行くことになるらしい。時速六〇〇で航続時間は二分間三十五マイル、あとは滑空でぶつかるのだそうだ。目的地までは一式陸攻か九六陸攻が胴体に抱いてはこぶのだというが、小型だから人間一人乗れば爆弾は二十五番程度一箇がせいぜいで、命中しても大したことはないらしい。人間魚雷の方が未だましらしい。自分は二階級特進したり軍神になったりしなくても、不服はないようにおもうが、自分があたっても此の艦は決して沈まないと知りながら、それでも安んじて命を捨てられるかどうか、一寸《ちよつと》考えこんだ。

十二月九日

四度目の十二月八日も、何の戦果もなくて過ぎた。神風は逆に吹いているらしい。西風が強く、兵器教室の窓ガラス越しに、ときどき思い出したようにひらりひらり、雪が落ちて来るのが見える。十二月初めの九州にしては寒いようだ。

午後、当直室から、「慰問演芸があるが予備学生は見学するか」と訊き合せて来る。見学することにする。娑婆《しゃば》の風にはやはりあたりたい。

「見ろ、道場へナイスが行くぞ」

「絹のストッキングをはいてる」

と大騒ぎだったが、結果はつまらなかった。歌もおどりも低俗そのもので、いたずらに性欲を刺戟《しげき》され、寝ていた古い夢を気味わるくかきたてられるだけだ。引率者の市役所の男から、

「ささやかなる芸術に精進いたしておりますわれわれと致しましては」などという挨《あい》拶《さつ》を聞かされると、胸糞《むなくそ》わるい。ガソリンが来なくてはわれわれは慰められることはない。それとも自由の身にしてもう一度学園へ帰してくれるか——。京都からも此のところ、すこしも便りがない。

「空では待ったなし」失敗は常に最後のもの。毎日々々が完全に充実していなくてはならぬ搭乗員《とうじょういん》の生活。それが毎日々々空虚とダルの連続だ。どうすればいいのだろう。

十二月十四日

昨日一時半ごろ、「合戦準備。配置ニツケ」があって、敵大編隊父島上空北進中の報を聞いたが、けさの新聞に、東京、静岡、愛知の各地が約八十機のB29にやられたと出ている。サイパン、テニヤンは敵の戦略爆撃の大基地として、急速に整備が完了しつつあるもののようだ。兄の身体《からだ》は飛行場の隅のどこかに、雨にさらされ、白骨になって抛《ほう》り出されているであろう。被害は大したことはなかったように、新聞には書いてあるが、先日の東海地方の地震につづき、相当困った結果が出ているのではないか。

東京より面会人があり、其《そ》のはなしをつたえ聞くと、十一月二十四、五、六、二十九、三十日と、連日の空襲で、五反田の駅は跡かたなくなり、神田辺も古本屋街がいちめん焼野になったということである。東京出身の連中は、

「そうすると、何所《どこ》とかから何所はまる見えか」とか、

「何々屋も無くなったわけか」などと言い合っては、ゲラゲラ笑っている。

「笑いごとじゃないぜ」と言いながら、「だって笑うより仕方がない」と、ゲラゲラ笑うのだ。

大都会では敗戦気分が瀰漫《びまん》しはじめているといい、また飛行機工場などの実情は、新聞ラヂオのうつくしくつたえる如《ごと》きものではなく、工員のサボタージュは、最近と

みに甚《はなはだ》しくなっていると聞く。自分はそれを肯《うべな》うわけには行かないが、希望とほこりとが失われれば、崩れるのは早いだろう。当隊でも、何者ともわからぬ者が、どこかから司令室に電話をかけ、何度もかけなおした末に、司令が電話口に出ていることを確かめて、

「馬鹿《ばか》、人殺し、お前が先に行って死んで来い」等、漫罵《まんば》をあたえて切ったという事件があった。外部からの電話でないことは確かだが、追及しないということであった。追及しないのはいいが、内部的な紛争が絶えず、風説がはびこり、規律がみだれるのは、国の亡《ほろ》びる前兆である。自分も軍規の維持にはもっと心を用いようとおもう。積極的に下士官兵を修正する場合があっても、やむを得ない。

米海軍の、試作をおわった新戦闘機は、時速一〇二〇粁で、爆弾搭載量はこちらの急降下爆撃機より大なりと、新聞に書いてある。千二百粁が音速であるから、ほとんど音速にせまり、ノットに直して六百八十ノット、今までの常識の時速三百ノットの倍である。危険な厄介《やっかい》なものが出来て来た。此《こ》の一年間に、敵空母の損害は八十八隻《せき》というが、其の数字などは、此のまま信じてよいものかどうか、わからない。確かなことは、味方にはもう、空母は三、四隻しか残っていないということである。

あらゆることが不調だ。明年一月中旬にはわれわれの飛行作業も再開される筈《はず》だぞ

うだが、とにかく今のところ、自分たちは空とはまったく縁が切れたままだ。蜜柑《みかん》の配給がたくさんあるのはうれしいが（きょうも各自十個ずつ）、それは此のへんに豊富な蜜柑が、輸送力が落ちて積み出しが出来ないからだという。

本日講義は、無線帰投、方位測定機、発着艦兵器および其の方法。理論は苦手で、わからないからすぐ睡《ねむ》くなる。眠ると寒い。ありもしない航空母艦の発着法を勉強してなにになるか。此のごろ、道場には陸軍の航空兵が四、五十名泊り込んで、海軍側の講習を受けている。大きな航法図板など持ち込んで、陸さんも、やっと科学的な近代航法を習得する必要をみとめて来たのであろうが、すべては後手で、おそきに失しているというべきであろう。

十二月十八日

S学生のお父さんが、血液がかたまって毛細管をふさぐというめずらしい病気で亡《な》くなり、Sは東京へ葬儀にかえっていたが、昨夜帰隊した。

Sがもたらした情報に依ると、東京の空襲による被害は、こちらで悪く想像していたほどではないらしい。防火陣がよく活躍して、焼夷弾《しょういだん》の延焼は完全に食いとめているそうだ。高度八千で飛ぶB29が小さく見える。味方戦闘機の姿は見えないが、反転するとき、キラリと光るので位置がわかる。高角砲もさかんに打つ。ただし中々落ちないそうである。工場では学生の奉仕隊が心身を打ちこんで、実によく働いているという。やはり工員の方が、一般にいっていけないらしい。市民はゲートル、ガスマスク、鉄かぶとのいでたちで、それでも多少の銀座漫歩の気分ものこしていて、日比谷《ひびや》では演奏会などもあると。男がすくなくなったのだけは、はっきり目立つそうだ。むしろ、遠州灘《えんしゅうなだ》一帯の震災が、思ったよりひどく、大井川の鉄橋が落ちて交通は一切途絶したままで、物資の流通は阻害され、東海道線の復旧も、今年中には見込みが立たないようなはなしであった。聞いていると、なにしろ興味津々《しんしん》で、ペルシャかエジプトの土産話でも聞くようでおかしい。

十一時ごろ、土曜日の朝洗面所と兵舎の間で欠礼した兵隊をなぐった者は申し出よという達しが来た。兵は頬骨《ほおぼね》を折って、軍医長の診断では、悪くすると一生飯が嚙《か》めない片端《かたわ》になるかも知れないという。兵隊は、「予備学生に修正された」と言っているそうだ。問題はすでに表面化し、修正した人間が申し出なければ、事件は軍法会議まで行くというのである。それで土曜の日に兵隊をなぐった覚えのある学生は全部、昼食後病室で一人々々其の兵と会ってみたが、みんなちがうという返事だ。自分も行った。自分は土曜日の朝、プールわきで欠礼した下士官を修正したのである。場所も相手もはっきりちがうからいいようなものの、自分はまた考えこんでしまった。此のあいだ、軍規の維持に積極的になり下士官兵もなぐる決心をしたばかりだが、いったいなぐるという衝動は、かならずしもいつも、そういうところから冷静に発して来るとは言いがたい。平素抑圧された気分が、「規律の維持」ということを名分にして爆発する場合の方が多いかも知れない。

頬骨を折った兵隊は、多分娑婆にかえされるであろう。戦傷でなく、欠礼してなぐられて、片端になって、田舎の親のもとへかえって行く兵隊のことを考えると、村の人たちに何と言われるか、親は海軍のことを何とおもうか、これからの一生をどうやって暮して行くか、真実同情する気持になる。やはり自分は、手はふるわないことにしたいとおもった。

自分が病室へ行ったのを藤倉《ふじくら》が見ていて、

「死ぬことで日本がすくえるとおもうなら、貴様一人、静かに死ね。とめやしない。しかし、兵隊をなぐることで日本がすくえるとは、貴様もおもわないだろう？　偵察学生や教官になぐられるうっぷんをはらすつもりなら、何故あいつらに反抗しないんだ。どこにもうっぷんのはらしようのない二等水兵の気持を考えてみろ。俺《おれ》たちに一寸欠礼してみせるぐらいが、せめてもの彼らの気持のはけ場かも知れないんだ。俺は欠礼されたって、何ともないがナ。貴様の軍人精神なるものが、段々そういう工合に発揮されて行くのだったら、俺も本気で貴様に愛想《あいそ》をつかすかも知れないぞ」と言いに来た。考えていたところにこういう言い方をされたから、癪《しゃく》にさわり、「余計な口出しするな。貴様は自分をどうおもっているのか、多分ヒューマニスティックで文化的で、そういう気持で自己肯定しているのだろうが、貴様のはただのエゴイズムだぞ」等々とやりかえした。藤倉は此のごろ、分隊のなかでも、ほとんど孤立している。坂井は艦爆で接触がうすくなり、はなれているせいか、自分は鹿島のことが、しきりになつかしい。

ところで其の後、夕方になると、頰骨を折った兵の言うことは、段々あいまいになり、訴える相手によって話がまちまちになるらしく、予備学生がやったとは言いがたい事情になって来たらしい。あつまる情報から察するに、実際は特務士官の分隊士か、古参の下士官（彼らにとって一番こわい人間）にやられたのだが、そうとは言いにくく、訊かれて、もっとも縁の薄そうな予備学生のせいにしてしまったもののように受け取れる。われわれはいい面《つら》の皮だが、其の心事は可哀《かわい》そうだ。

夜になって、

「予備学生が、全員やっていないというなら、其の言葉を信用して、此の件は打ち切りにする」と、上の方から言って来た。寛大を装っているが、軍法会議まで行くという事件が、あっさり打ち切りになるのは甚だ奇妙で、ほんとうにやった人間が、工合の悪いところから出たのではないかと思わせられる。

十二月二十日

昨晩は虚空《こくう》のすみずみからあるだけの風をあつめてたたきつけるような、物すごい嵐《あらし》で、腹にこたえる風の声がしていたが、吹雪になった。きょうは一日中雪がふりつづいている。綿のようなやわらかい雪が、はじめは吸いとられるように土に消えていたが、次第につもりはじめた。ちょっと晴れ間が出ると、自動車庫のまえの積雪がキラキラ光って、実にうつくしい。

飛行作業は相変らず、無い。敵はミンドロ島に上陸した。呉《くれ》にはものものしい護衛で油槽船《ゆそうせん》が三杯入ったという。こんな有様ではわれわれの燃料は当分来はしないだろう。艦爆の方は、二十六日から九九式に乗ることになった。九六式も済んでいないのに、一足飛びに九九艦爆に乗るので、連中は有頂天になって喜んでいる。九九式はほとんど改装を加えずに亜号燃料が使用出来るからだ。われわれ艦攻もアルコール燃料が来たら、というはなしだったが、九七艦攻はタンク、気化器をすっかり改装しなくては此の燃料が使えないので、沙汰《さた》やみになっているのである。

午後F少佐の通信術の講義を聞く。講義がおわって、比島戦の戦訓、特に特別攻撃隊についてくわしいはなしを聞く。台南の飛行場がつぶされたはなしも詳細に聞く。台南の航空隊は、飛行場が全然駄目《だめ》になったので解散になり、人員航空機が分散されて、宇佐にも多数来ているが、F少佐は其の一人である。

先《ま》ず台南全滅のはなし。

敵のグラマン戦闘機がはじめ三十機ばかり来て、飛行場周辺の制空権を把握《はあく》してしまう。其のやり方。敵戦闘機は重層配備で、上の隊と下の隊とあり、低空の隊は高度三百、全部翼に日の丸をつけている。(卑劣だ)此の日の丸は僚機からの或《あ》る光線の照射によって、日の丸になったり米軍の標識に変ったりするという説もあるが、とにかく味方は最後まで、友軍機の救援と思いこまされ、零戦《ぜろせん》二十機は舞い上ったばかりで、全部叩《たた》きおとされてしまった。次にグラマン艦爆がおそって来る。照準は実に正確で、格納庫その他、急降下爆撃の直撃で、ほとんどやられてしまったそうだ。なお、アメリカの爆撃照準器(電探爆撃?)は、さいきん高度八千で誤差三十メートルという、おそるべき精度を示しているという。また敵のパイロットのなかには、女がかなり混っていて、落下傘《らっかさん》で降りたのを台湾の住民が丸太ン棒で追いまわして捕えたところ、

「私を墜《おと》した男の顔を見せてくれ」といってきかなかったのがいるということだ。

つぎに特攻隊のはなし。

当時第一航空艦隊は、寺岡《てらおか》中将、大西中将の下にあって、傷つきのこったもの総勢わずかに四十機。我が水上部隊はなぐり込みで或る程度の打撃を敵に与えたが、ついで現われた新手の空母群のためにさんざんな目にあい、のこる艦艇も脱出が困難になった。武蔵《むさし》が沈んだのは此のときである。二航艦の二百数十機が到着したが、基地不良のため、戦わずして十数機が傷《きず》つき、其のあと総力を挙げて出た第一回攻撃も、グラマン多数に食われて、半数は敵にたどりつかずに失われた。此の頽勢《たいせい》を挽回《ばんかい》するために、ついに第一航空艦隊から神風隊の出動となったものであるという。指揮官S大尉は、下痢で寝ていたのを、ベッドをたたんで出て行ったそうで、S大尉以下のたっての志望によるとはいえ、こういう攻撃隊を出すことには異論があったらしい。しかしいまでは、此の肉弾攻撃が、計画的永続的に大本営で採用される形勢で、台南でも全滅のまえ、教官連はすべてもう特攻隊として編成されていたという。

ここまで聞いたとき、自分は、「これは俺も死ぬな」とおもった。肉弾攻撃でもなんでもやる決心で、死ぬ覚悟はとっくに出来ていた筈なのに、そうおもうと、急に身体の中から何かもぎ取って行かれるような、ガクンとしたものを感じた。妙にうつろな気持になり、思わず、「ふーむ、ふーむ」と声に出してうなり、つぎには、「畜生、どうにでもなれ、やっつけろ」とすばやくかんがえた。変なはなしである。覚悟が出来ているつもりで、やはり生きのこる気があったらしい。これでどうやら確実になって来たとおもうと、今さらに一寸、夢を見ているような感じがする。

明年の搭乗員要求は、操、偵《てい》、六千ずつ計一万二千名だそうだ。白虎隊《びゃっこたい》のように年少紅顔の少年たちが、すべて特攻隊として編成されるのであろう。だが、これに見合う飛行機と燃料とは、いったいどうするのであろうか。

十二月二十五日

任官。襟《えり》に少尉の桜をひとつつけ、九時、軍艦旗掲揚、遥拝式《ようはいしき》。われわれは昨晩予備学生を免ぜられ、其の瞬間召集された形式で、今日より特習学生となる。さしたる感慨もない。海兵出の少尉任官のときは、酒ビールが林立し、にぎやかな宴会が催されるそうだが、われわれには特別なことはなにもない。すぐ外出許可の筈であったが、大村上空に一機、済州島沖に敵編隊の情報で第二配備となり、十時五分、解けて外出をゆるされる。海仁会に寄って、ガーターとスリッパを一足買って、多少一人前のような気分になる。十一時十六分の準急で別府へ向う。

あたたかい日で、外出日にあったかいのは勿体《もったい》ない。例の亀川《かめがわ》のかぢやで、昼は簡単に芋粥《いもがゆ》をたのむ。粥のとろりとしたねばりと、芋の甘さ、舌を焼くような熱いのをフウフウ言いながらすすり込む味は、なかなかよろしい。

任官したむね、父とO先生、E先生、鹿島、その他数人に便りを出す。蕗子《ふきこ》さんにも出す。これは坂井と藤倉と三人の連名で出す。軽い苦痛をかんじる。炭酸水が胸の辺をツーンと通るような感覚である。

夜はかぢやのおかみが、任官祝いに一升出してくれ、てっちりで酒はたっぷり飲めた。蛸《たこ》のてんぷらも美味《うま》かった。ふぐの白子は、何とも言えぬうまいものだ。これであたって死ぬときは、全然苦痛のない安楽往生だというはなしだが、しかし実際は苦しみがあるという説もあるなどということから、いったい特攻隊で敵艦に体あたりして死ぬときは、痛いだろうか痛くないだろうかと議論になった。自分は、痛いとおもうより前に意識を失い、同時に身体は四散するから、結局痛くないだろうという説で、坂井はやはり生命の消えるまでの半秒乃至《ないし》一秒ぐらいのあいだ、激痛を感ずるとおもうという説で、体あたりをして還《かえ》って来た奴《やつ》はいないから、要するに水掛け論だ。藤倉は立て膝《ひざ》をして黙って聞いていた。

帰りの汽車の中で、可愛《かわい》い女の子が乗っているので、いつもポケットに入れているメダマ（高々度、長時間飛行用のビタミン食）を二つぶあげる。子供のお母さんがよろこんで、紙包みを礼にくれようとするので、自分は辞退したが、藤倉が横から、「どうも、それは」といって横取りしてしまった。彼は大分酔っていたが、ひどい奴だ。柳ヶ浦で下りてあけて見ると、餅《もち》が六つ入っている。中にはあんこも入っている。ビタミン二箇が餡餅《あんもち》六つと変ったので、恐縮した。門司《もじ》へ行く母子づれだった。

話はちがうが、ちかごろの子供たちは、小さな科学者、小さな国家主義者として、こまちゃくれた育て方をされている者が多いようである。大人が子供の世界を造ってやることは、やめなくてはいけない。子供から泥《どろ》いじりや、木のぼりや、蝶々《ちようちよう》や、山川の自然を奪ってはいけない。自分たちは死んでも、子供たちの上には、ひろびろとした豊かな祝福された次の時代が来なければならぬ。

昭和二十年一月一日

快晴。総員起し四時。一種軍装にて〇四三〇出発、宇佐神宮に参拝。七時帰隊、八時軍艦旗掲揚。つづいて遥拝式。一〇〇〇道場にて准士官《じゅん》以上祝盃《しゅくはい》。会食なし。直ちに外出。

汽車のなかはさすがに色めいて、女の晴着、酒に酔った赤い百姓顔、田舎の正月の気分に充ちていた。家ではどうしているか、水俣《みなまた》の深井さんのところではどうしているか、そんなことがしきりに思われる。今年は自分の死に就く年であろう。これが最後の正月であろう。昭和二十年何月何日かは、自分の命日となる。文吉兄さんが死んで、自分が死んだあとの、父母の後半生の空虚さを考えると、兄弟がもうすこし多いとよかったとおもう。養子をもらうことを、真剣に考慮してもらいたい。

餅だけは、今日はやたらに食った。餅を食うことで、此の正月を確かめておこうというようなあんばいであった。この辺の雑煮はしかし、東京と同じに味噌《みそ》が入らないので不味《まず》い。白味噌のこってりとした京大阪の雑煮が食べたい。

一月七日　七草

本日二直（十一時半より五時半まで）の見習副直将校に立つ。種々雑多な用件が集中して来るが、すこしも分らないから、何を言われても、平気な顔をして、「オウ」と答えておく。すると取次と番兵が大抵適当にやってくれる。休暇をもらった練習生たちが、続々郷里からかえって来る。寒風の中を真っ赤な顔をして、国の茶の間のあったかい空気を身につけてかえって来る。

「副直将校、第何分隊誰々只今《ただいま》帰りました」

「オウ」

「ありがとうございました」

「オウ」という工合である。

一五三〇頃、九九艦爆一機不時着す。またひとり殉職したかとおもったが、無事かえって来た。同期のK少尉である。E中尉がいつか、「俺はもう六機ぶちこわした。飛行機もこわさん屁《へ》もひらんというような奴は、使いものにならん。みんなショボショボするな」と言ったのを憶《おぼ》えていて、叱《しか》られないと承知しているからニヤニヤしていた。

坪田、中目、塚本《つかもと》各少尉退隊。どうかわれわれの師表になるような死に方をして来て下さい。いつか大分へ不時着し、此所《ここ》へ来て「回天」やV一号のことを聞かせてくれた田中中尉は、予定通り比島へ進出して、艦爆「彗星《すいせい》」の特攻隊で散華《さんげ》したそうだ。

一七一〇頃《ごろ》、下士官が病室の花子（猿《さる》）に煙草《たばこ》を三本食わせたという報告が来る。猿が煙草を食ったのまで、「副直将校」「オウ」だからいそがしい。行って叱りつけてやった。だが、花子はケロッとしていて、何ともないらしい。

交替して晩飯を食い、やっとほッとする。

此《こ》のごろ物忘れの甚《はなは》だしいこと。人の名前や外国語の単語を忘れるだけではない。万葉集の総歌数がいくつであったかなども、わからなくなっている。いろんな事柄《ことがら》そのものが、スポッ、スポッと頭から抜けている。根本的な記憶の喪失が来ているようだ。昨年の正月はどんなことをしていたか、日記を繰ってみると、大竹海兵団から初めての引率外出をして、岩国川のながれを見て、感傷的な気持になっていることなどが書いてある。そうそうそんなこともあった、自分たちは水兵帽をかぶって……と、遠い遠い夢のように思い出される。

飛行作業がなくなってからというもの、本は実によく読むが、それも片っ端から忘れてしまう。ひとつには本当にいい本にぶつからないのだ。歌集は見ず、小説類が多い。しかし小説はよほど立派なものでないと、読んでもマイナスだ。

一月十一日

敵ついにリンガエン湾に上陸。艦砲射撃と爆撃で鉄の雨を降らせておいて、戦車を先登に上って来る。偵察機も体あたり出撃とあるが、戦果確認の報はない。敵グラマンの直衛はものすごい数だそうだ。特攻隊も目標にとりつくこと自体が極めてむずかしく、とくに艦攻など魚雷を抱いて昼間行動すれば、とりつくまでに全部やられてしまうらしい。B29にたいしても、陸軍の隼《はやぶさ》戦闘機などは、まったく無力で、近づくことも体あたりも不可能とのこと。これでは何千機あっても無意味だ。戦局はもはや、国家浮沈の最後のところまで来ているようだ。

本日午前、九六艦爆一機不時着。午後、九九艦爆一機、着陸後地上滑走中に、火を吹き出して、尾部だけのこして見る見る燃え切ってしまった。別科を始めようとするときで、飛行場から黒煙があがったので、飛んで行くと、「第一救難隊用意」と拡声機が鳴り出し、九九艦爆が走りながら燃えていた。自分たちが着いたときは、エプロンの端《はず》れで、尾部とエンヂンをのこすばかりで、ジュラルミンの合金が強烈な白光をはなって、燃えていた。太い黒煙のなかの赤い焰《ほのお》と、其《そ》のまた中の、眼を射る白熱光、あれは自分たちが此の世に別れるときの色だと思ってながめた。神秘的な、荘厳《そうごん》な色である。艦爆の不時着が毎日の日課になった。亜号燃料にどこか欠陥があるのだ。艦攻の方も、本日燃料試験、試験飛行も済んでいよいよちかくわれわれの飛行作業も再開されるらしいが、アルコール燃料を使うとすれば、充分に慎重を期さなくてはならない。筩温《とうおん》が百五十度になると、プロペラがとまるそうだ。われわれの間でもかならず誰《だれ》か死ぬ。事故死は絶対にいやだ。

先日来、学生舎のどこかで猫《ねこ》が鳴きつづけている。屋根うらで仔《こ》でも生んだのか、すこしずつ場所をかえて、昼となく夜となく、不気味に鳴いている。捕えてぶち殺せというが、居所がわからない。さいきん続発する事故に、凶兆のような気がして仕方がない。

一月十五日

本日また九九艦爆一機不時着。九六艦爆一機は、パスに入ってエンヂンをしぼったときペラがとまり、ほとんど突っ込むような姿勢で接地したが、搭乗員《とうじょういん》は二名とも無事であった。みんな「駄目だ」とおもったようだが、頭部および顔面に少々負傷した程度で済んだ。痛みは訴えていたが、生命にはかかわらないらしい。連日、不時着、転覆で、第一第二救難隊用意がかかるが、其のわりに殉職者が出ないのは、ひとえに肩バンドのあるがためである。これが肩バンドのない艦攻であったら、簡単に頭蓋骨《ずがいこつ》粉砕、即死だ。九七艦攻飛行作業再開までに、是非肩バンドを装備してもらわねばならぬ。百里原《ひゃくりはら》でも、亜号燃料では原因不明の事故が度々起っているらしい。

夜、消燈《しょうとう》前、偵察学生より呼出の電話があり、

「本日貴様たちの中に、課業前の体操のときシャツを着てやっていた者がある。全員公室に来い」と。シャツを着てやっても差支えなしというのは、先日先任将校からの口頭の達しであった。全員公室に行き、其の旨《むね》言って抗弁するが、聞き入れられず。最高七発、最低二発、自分は五発なぐられる。それよりかけ足。エプロンを二周、約一里である。寒夜汗みずくになる。それで放免かとおもったら、さにあらず。冷雨の降り出した庭に出されて、膝全屈伸、手を斜め上にあげる体操約四百五十回。皆よく耐えた。足腰立たず、腹痛のときのように前かがみになって、やっと支えて学生舎へかえる。階段を下りるときふらついて危い。気違いじみた修正というべきである。

偵察学生たち自身は体操のときどうかというと、雪の降る寒い日など、顔だけ出して、あと急に姿を消してしまったり、かけ足のときは上衣《うわぎ》をつけていたりしているのだ。そして偵察の彼らが、兵学校出なるがゆえに87を使用し、われわれ操縦がアルコ

ール燃料で訓練される。海軍とはこういうところだ。

一月十九日

昨夜、無線柱の障害燈が一晩中つけっぱなしになっていた。船の舷燈《げんとう》、急行列車の尾燈、赤い標識燈はなんとなく情緒があると思って眺《なが》めていたが、東京出張中の司令が、帰路行方不明になり、九時を過ぎても到着せず、其のためともされていたらしい。けさ鈴鹿《すずか》に不時着したという報《し》らせが入った。

艦爆は昨日も一機不時着し、ついに飛行作業を中止した。不思議なことに、それに応ずるように猫が鳴きやんでしまった。すこし迷信的な気持になる。

今日はそれから、列線に入って来る飛行機のプロペラにはねられて、偵察学生が一人即死し、其のはねられた人間の吹っ飛んだいきおいにはねられて、もう一人重傷を負い、間もなく病舎で死んだ。其のうちの一人は、此のあいだわれわれを、シャツを着て体操をやったというので徹底してしめあげた少尉である。口には出さないが、われわれは多く、いい気味だとおもっている。ざまあみやがれという空気はぬぐいがたい。偵察学生は昨日外出があって、其の気のゆるみからだという。それで教官からは、

「貴様たちも、外出して気をゆるめてはいかんぞ。外出していても、飛行機に乗って体あたりをするための必要な休養を取りに来ているのだと考えて行動しろ。解放されたという気持で不摂生をするな」と説教を聞く。誰かが、「郵便ポストの赤いのも、電信柱の高いのも、みんな俺《おれ》たちが悪いのよ。ケッ、ケ」とすねていた。まったく、何もかも学徒出身の予備士官がわるいのです、どうにでもして下さいと言いたくなるではないか。

われわれの間には、WCバンドというものが出来た。

「おい、バンド貸せ」と言っているので、なにかとおもったら、柔道着の帯のことである。先日「膝屈伸手を斜めにあげ」を四百五十回やらされて、そのあとも毎日二里ぐらいずつかけ足（早駈《はやが》けなり）があるので、足の痛みがますますひどくなり、立っていても疼《うず》くし、便所でしゃがめないのだ。柔道着の帯を鉄のパイプにくくりつけて、それにぶら下って中腰で大便をする。うまいことを考えた。これがWCバンドである。

ルソン島には敵戦車一箇師団、歩兵二箇師団上陸した。さらに二箇師団待機中と。けさ零下六度。

＊　　　＊

藤倉《ふじくら》の手紙

昭和二十年一月二十三日　大分県宇佐海軍航空隊より　京都市北白川E先生宛

E先生。

Kが去る日、突然陸軍軍曹《ぐんそう》の姿で京都にあらわれ、先生の御宅をおどろかせ、おもい出話や噂話《うわさばなし》の数々でビールを御馳走《ごちそう》になってかえったという、うらやましいたよりをKからもらいました。先生の御家族が、鳥取県の田舎へ疎開《そかい》なさったことも知りました。先生はおひとりの自炊生活で、むかしならKや吉野や坂井や鹿島や私など、例の万葉の仲間をあつめて合宿生活をするのだがと言っていらしたということで、過ぎしよき日のこと、胸のせまる気持でおもい起しました。Kの軍曹ぶりは如何《いかが》でしたでしょう。

八ヶ月ぶりに先生に手紙を差しあげます。正直に申しますと、昨年の五月、土浦から出水《いずみ》へうつりますとき、長々と先生におもいを訴えたものをお送りして、それに対しあまりに簡単な御葉書一枚しかいただけなかったので、此の戦争に先生も結局あり合せの身の処し方しかしてはおられない、自分は誰にも見放されていると、たいへん不服なひがんだ気持で、また御無沙汰《ごぶさた》をかさねて来たのでございますが、Kのたよりを見て、すこし衝動的にこれをしたためる気になりました。

「藤倉君がいちばん苦しんでいはしないかナ。どうかならないかナ」とKに仰有《おつしや》った由《よし》を知り、私はたいへんに嬉《うれ》しかったのでございます。古風な言い方をすれば、その御気持だけで、充分だとおもいました。先生のお心を自分勝手に解釈し過ぎているかも知れませんが、御返事をいただけなくても、もう不服にはおもいません。

じつは私は、「どうかしよう」とおもっているのです。此の戦争に日本が勝てる素因というものは、すでに全く無くなっていると存じます。サイパンが陥《お》ち、フィリッピンが駄目になり、南西方面にも南東方面にも、何百万の日本軍が死駒《しにごま》になってのこり、敵の包囲反攻の態勢はほとんど完成し、敵側から言えば、あとは順序よく此の網をしぼればよいだけのことでありましょう。敗戦の様相というものはどんなものでしょうか、依然として私には想像がつきませんが、国土は分割され、餓死者は続出し、暴動につぐ暴動がおこって、占領軍は横暴をきわめ、京も大和も荒廃して、学園生活にもどるなどというのは、一片の夢かたわ言として吹き飛ばされるかも知れません。しかし、負けたらたいへんなことになるというのと、それゆえ勝つ、というのとは、別のことがらであるとおもいます。みんなは至極無邪気にそれを結びつけて、そこから悲壮な楽観論が生れているようですが、いくらたいへんな事態になろうとも、もう日本は負けるより仕方がありませんでしょう。せめて上手な負け方をしてくれればとおもうのですが、それすらもはや望むべくもないことのようでございます。

E先生。燃料不足のため、私たちはながいあいだ、飛行作業が中止になっておりました。私はこれは、とやかくおもい患《わずら》うよりも、此のまま行けば、案外、穴掘りなどして暮しているうちに、ひょっこり戦争は終りはしまいかというような、はかない希望を一時持ったりもいたしました。吉野のあごに一発くれて、「おい、眼《め》をさませ。さあ、京都へかえるんだ」と一寸《ちよつと》威張ってみせてやれるかな、などと想像したりもいたしました。しかし話はやはり、そううまくはまいりませんようで、過日、私たちはついに特攻隊を志願させられたのでございます。明後日から、私どもの飛行訓練が再開されます。これから私たちにあてがわれるのは、亜号燃料と申しまして、質の悪い危険な燃料で、汽筩の温度がすこし下ると、発火しなくなってプロペラが空中でとまります。

特攻隊は「純忠の志」に燃え切った志願の勇士だけがなるものという風に、一般にはおもわれているようですが、それは初期のころのことで、現在では中央が全面的にこれを採択し、上官から一応訊《き》きおくというかたちで志願者の調査がなされます。「手をあげてみてくれ」または「一歩前へ」と言われ、私のような人間でもやはり、鉛の入ったような重い手を、やむを得ず挙げてしまうのです。形式的には志願ですが、心理的にはまったくの強制で、それ以後は人選の自由をすべて向うに委《ゆだ》ねてしまうというのが実情でございます。此のままですすみましては、生還ののぞみは、私に、ほとんどゼロになりました。私は自分だけの非常の手段を考えております。毎日そればかり考えております。私に、やはり皆と一緒に突っ込んで死んでくれと仰有るのでないなら、先生、どうか私の身勝手をとがめないでください。やむを得ない奴《やつ》だったとおもっていただければ私は満足するつもりです。私には坂井と吉野とを一緒に救い出す力はございません。彼らはもう、私のような考え方からは、遠くはなれてしまったとおもいます。何を言っても怒られるが落ちで、きいてはくれませんでしょう。あの、およそいくさなどとは縁のなさそうだった鹿島さえ、川棚《かわたな》の魚雷艇の基地から、「貴様たちは空から征《ゆ》け。俺は水の上から征く」「さもあらばあれ、死出の支度を急がねば」などというたよりを頻々《ひんぴん》と、(私宛《あて》にではありませんが)寄越しております。

いろんな方法を私は考えてみました。ひとつの手段は、事故をおこして、ふたたび飛行機に乗れない程度に負傷してしまうことです。これはしかし、いままでの飛行機事故をひとつひとつ考えてみて、どうしても死の公算の方が大きいようです。ふたつには、敵が台湾か南支那《しな》に上陸して基地を作ったとき、出撃に際して、乗機ごと敵基地に投じて捕虜になることです。もし成功すれば生命は多分絶対に保証され、戦争終結後は案外何ごともなく日本へ帰られるとおもいますが、これは事前に敵に通報する手段がないかぎり、向うへ着くまえに敵の戦闘機か対空砲火で墜《おと》されてしまうと考えるのが順当で、成功の可能性がほとんどありません。それで、土浦航空隊であえて操縦を志願したときから、漠然《ばくぜん》と頭にあったことを私は具体化し、特攻出撃のさい、途中の島に不時着してしまうことを考えているのです。今後われわれが出撃するときは、琉球《りゆうきゆう》列島から台湾方面に向って飛ぶ場合がいちばん多い筈《はず》で、御存じのようにその途中には手頃な——というのは、住民も少く守備隊も僅《わず》かで、内地との連絡もなかなかつかないという風な島がたくさんございます。また場合によっては、いっそ無人島でもかまわないとおもって、私はちかごろ琉球列島の地誌と、ロビンソン・クルーソーのような漂流記をあつめて、役に立ちそうな部分を熟読したりしております。先《ま》ず出撃離陸後、かねて決定しておいた島の手前で、急に故障がおこったことにし、僚機から落伍《らくご》し、爆弾を捨て、尻《しり》の下の厚いクッションを取り出して、頭をぶつけるときの用意に前の計器盤にあてがい、バンドをしっかり締め、飛行機の脚はひっこめたまま、エンヂンをしぼって、尾部から着水するのです。飛行機はむろん滅茶《めちゃ》々々になり、もしかすると逆立ちになりますが、すぐには沈みませんから、バンドをはずして脱出して、多分島まで泳ぎつけるとおもいます。島にもよりけりですが、不時着したことがわかっても、こんにちの状況では、そう簡単に内地から救助（！）には来ませんでしょう。そして、上空でほんとうに故障が起ったのかどうかは、誰にも決してわかりません。

あと、食糧の問題その他、解決すべき問題がいくつかありますが、ともかく私の計画は九割程度まで、こうしてたいへん合理的に出来あがってまいりました。ただここにひとつ妙なことは、この脱出の青写真が私の頭のなかで鮮明になって来るにつれて、一方私のこころのどこかを、何か形容しがたい空虚なものが、いつからか蕭々《しょうしょう》として吹き抜けはじめたことです。上手に説明が出来ませんが、たとえば私が島に辛《かろ》うじて命をながらえ、釣《つ》りなどして暮しているとき、雲のうえを友人たちの特攻機が轟音《ごうおん》をたてて南を指して飛び去ってゆく、そのあとの、途方もなくあかるい静かな、虚《むな》しい空の色が、私の眼にありありとうかぶのでございます。自分のおこなわんとすることが卑怯《ひきょう》なことであるため、良心のとがめを受けているというのともすこしちがうらしく、寂寞《せきばく》への恐怖ともすこしちがうらしいのです。無意味な死を避けるつもりでいながら、その空の色をおもうと、生きることも物憂《ものう》くなるという風な、この妙な、力の抜けてしまうような空虚さは、まことに始末のわるいもので、私はなんとかして、これを早く退治てしまわねばとおもっております。

いままで、「必死必殺」で出撃して行った大勢の人間のなかには、私の計画とおなじような不時着をして、どこかの島に置き去りに生きのこっている人間が、ある程度いるらしいことを、私どもはときどき耳にいたします。しかしそれは、私のようにははじめから計画的にやった行為ではなく、途中不意に臆病風《おくびよう》にとりつかれて、発作的に一か八かの不時着水をやってしまうらしいのですが、私のは前々もっての計画であるだけ、こういう心の空虚をいだいて飛んでいれば、かえって逆の発作がおこって、ふと、「結局死んだ方が楽かな」という気持で、みんなと一緒に最後まで行ってしまうというようなことが、起らなくもなさそうな気がいたします。私は意志の力でそれをおさえつけなくてはならぬとおもっているのでございますが――。それというのも、私はかつて不勉強な学生で、万葉研究自身にも疑問があり、一人生きのこって皆の分まで仕事をしようというような、使命感をいだき得ないせいもあるのでございましょう。じっと眼をつむって耳を澄ましてみても、「お前は誰にもかまわず生きのこれ。そうしてよい。お前にはその権利がある」という声は、どこからも聞えてまいりません。もとよりいま、先生に甘えて、こういう御言葉を私にいただこうとおもいはいたしません。戦争を肯定し得ず、友人を見殺しにしても、皆と別の道を選ぼうとするときに、この意識はなかなか苦しいものでございます。

しかし先生、私はこの妙な空虚なものにも耐え、多くの人の無言の非難があるならそれにも耐え、なんとかやってみるつもりです。こんどもし、大きな作戦がはじまって、私が出撃し、そして行方不明になったとお聞きになりましたなら、十中五、六、私は南のどこかの島に不時着して、こっそり生きているとお思い下さいまし。戦争終結の日を待って、私はかならず京都へかえってまいります。そのとき私は、先生に迎えていただけるでしょうか。それからもし、私の企てが失敗し、戦死（？）の報を確認なさいましたら、そのときは、先生の薫陶《くんとう》を受けた者のなかに、最後までこの戦争を是認出来ず、反抗しつつ死んで行った海軍少尉《しょうい》が一人いたことを、どうかときどきおもい出して下さい。

手紙を書きますと、いつも私、ながながと矛盾の多いことのみならべ立てまして、申しわけありません。私どもの苦しみとはまた別に、先生がたも、どれほどか不自由な日々をお過ごしでありましょう。もうその出撃の日まで、たよりをさしあげることも無いかも知れません、どうかくれぐれも御自愛下さい。そして最後に、先生にひとつおねがいがあります。それは私たちが出水の航空隊におりますころ、外出のたびに訪れて世話になっていた水俣《みなまた》の深井信則氏という人の長女で、蕗子《ふきこ》さんというお嬢さんのことでございます。さきに書いたようなことも、私たちの運命は、いつ何でどうなるかわかりませんので、万一私が死んで吉野が戦後に生きのこった場合、吉野とこのお嬢さんとのあいだを、先生にとりもってやっていただきたいのです。

蕗子さんは、それぞれ多少の陰影をもって私たちみんなを好いていたようでした。つまり学問的雰囲気《ふんいき》らしきものも身につけた、勇ましい学徒出身の海軍飛行科士官に、彼女はぼんやりと恋を感じていたわけで、私の場合は、理窟《りくつ》からいうと、買いかぶられて好意を持たれることがいやでしたし、感情からいうと、美しいいいお嬢さんですが、かならずしも私の非常に好きなタイプの人ではなかったので、彼女の好意にたいし、終始ほとんど知らん顔をし通しました。しかし吉野は、別れて四ヶ月になるいまも、この人のことを恋いこがれつづけております。出水時代、あるときはっきりそれに気づいて、それ以来気をつけているので、私にはそれがよくわかります。彼はいずれ突っ込んで死ぬとおもっているので、口に出しては申しませんが、ひとりきりのときなど、ほとんどメソメソした気持で蕗子さんのことをかんがえているようでございます。したがって、私のは決して好きな人を友にゆずるというようなことではありませんので、むしろ余計なお世話かも知れませんが、もし運命の札が吉野の上に「生」と出て、私の方が死んでいた場合、誰かもう一人だけ二人のことを知っている人がいてほしいとおもい、そしてＥ先生のお世話で二人が結びついたら、それは大いに似合

い の好もしいもののようにおもわれ、草葉のかげというところがあるなら、私は草葉のかげからもたのしく眺められそうに感じますので、おこころにお留《とど》めおきくださるよう、これをお願いする次第でございます。

では先生、さようなら。この手紙は明二十四日、外出先の別府で投函《とうかん》いたします。

＊　＊

宇佐海軍航空隊

一月二十五日（吉野の日記のつづき）

本日より飛行作業なり。

亜号燃料、相当の覚悟を要す。昨夜就眠中、たびたび夢を見、輾転《てんてん》反側す。燃料にたいする不安のためだ。

指揮所のまえでは、艦攻艦爆多数が試運転をやっている。とくに九六艦爆が三機、すぐそばで唸《うな》りつづけるので、脳をやられて、地球を頭にささえたような重ッたいかんじで、壮快などいう気分からは、およそ遠く、威圧されつづけた。

W少尉機後席同乗。まったく久しぶりに飛行機に乗る。雲量八、風強く、風速約十メートル、風向は西から西北、北とたびたびかわる。だがなんという忘れようだ。一回目はフラップを忘れる、タブに手がまわらない。おまけに風のため、上る、下る、左右に振る、気速は大幅に変転する、酔ってしまい、だらしのないことおびただしい。自分だけではない。

「飛行機の奴、まるでおもうようになりよらん。俺《おれ》がこんなに下手になってるとはおもわなかった」と、みな夢中でふらふらになって降りて来る。コースのことを訊いても、みんなさっぱりわかっていない。叱《しか》られるけれども、二ヶ月半も飛行機に乗せないでおいて、いたずらに技倆《ぎりよう》の低下を云々《うんぬん》するのはやめてもらいたい。偵察《ていさつ》学生たちは、ガソリンで朝夕二回の飛行をめぐまれ、われわれ艦攻の特攻隊が、アルコール燃料で隔日の訓練という、まことに奇妙なことが、平然と通用しているのだ。其《そ》の技倆を比べられてはたまらない。しかしわれわれは、亜号燃料でもなんでも、かならず追っついて、死場所をみつけるだけの腕前になってみせてやる。

一九〇〇入浴。湯あつく心地よし。ひさびさに石鹼《せつけん》をつけてごしごし洗った。あがって鏡を見ると、大分厳粛な顔つきをしている。なに生意気な、そうしゃちこばるなと、頰《ほ》っぺたをひっぱったり、唇《くちびる》をとんがらせたり、ひとりで百面相をこころみ、自分の道化顔に、こんどはちょっとものがなしくなる。誰かわらっていた。バスの外の空に、月がひょこゆがんで、ぶらさがっていた。ミカン一箇、光一本、昼間のみのこしたサイダー半分飲んで、ぐっすり眠る。

二月一日

午前、飛行作業。いくらか空中観念をとりもどして来た。風ほとんどなし。ほそい銀色の駅館川《やつかんがわ》、周防灘《すおうなだ》、国東《くにさき》半島、南は別府湾、すべて薄がすんで、春の立つ気配である。空からの眺《なが》めをたのしむ余裕も多少出来て来たようだ。午後雨になる。飛行作業ヤメ。雨、夜までふりつづく。

兵術の時間、「銀河」が期待をうらぎってあまり役に立たないというはなしを聞き、がっかりした。一式陸上攻撃機は其の形状から「葉巻」と呼ばれていたが、此《こ》のごろではみんな、マッチといっている。すぐ火がつくからだ。しかし「銀河」の搭乗員《とうじょういん》のなかには、「一式陸攻の方がまだましだ」との声があるそうで、整備がむずかしく、始終事故をおこしているという。これは出水《いずみ》で自分たちがたびたび実際に見たところでもある。敵はマニラ北方クラークフィールド飛行場を占領し、一月末比島の現作戦海面に到着した敵艦艇輸送船は、約二百隻《せき》。フィリッピンに日本軍の飛行機がはたして二百機あるか。もう、一機一艦の体あたりでは追いつかなくなっているようだ。わが方の航空母艦保有量は、小型の特空母もふくめて五隻に充《み》たないということも聞かされる。それらの空母は、燃料節約と搭乗員養成で、一隻も出動しないとのこと。われわれが発着艦兵器の講義を受けたのは、つい此のあいだのことだった。其のときも自分は、無意味なことではないかとおもったが、まったく、すべて、でたらめ教育、出たとこ勝負の作戦ばかりだ。アメリカの空母保有量は約八十隻、中攻程度の飛行機を搭載出来る四万五千噸《トン》クラスのもの、さらに三隻就役せる筈なりと。守勢に立って、敵を本土の水際《みずぎわ》で一挙に潰滅《かいめつ》させるのだから、日本にはもう航空母艦はあまり必要でないというのだが、それは負け惜しみというものだろう。目下台湾、南九州では航空築城をいそぎつつあるそうだ。しかし工事は鍬《くわ》と鶴嘴《つるはし》で、進捗《しんちょく》すこぶるおそく、米軍はおなじことを、ブルドザーとダンプトラックで三日でやってのけるそうである。またここ二週間以内に、敵の大機動部隊が本土にむかって動く気配があるそうである。こちらは、「流星」も「紫電」も「連山」も、五、六月ごろにならなければ量産が軌道に乗らないとか。

「五月になると、七、八月でなければ、ということになりますかな」と、兵術の教官はすこしやけくそみたいで、あらいざらいしゃべって行った。そして「それゆえ、諸君は必死必中の覚悟で……」というようなことは、一と言も言わなかった。かえって薄気味がわるい。

当隊の練習生で、コックリさんをやる者が三人いる。一週に一度ぐらいずつ、みんなが彼らを呼んでいろんなことを訊いている。しかし訊く者は、かならず真剣でなければ答が得られない。方法は箸《はし》を三本組みあわせて立て、其のうえに皿《さら》をのせ、「コックリさん、コックリさん」と呼ぶと、箸がガタガタ鳴って皿が動き出し、霊媒者は能力を得るのである。紛失物が出て来たりした。これが、きょう、大東亜戦争の終結を、昭和二十二年四月二十三日、日本の勝利のうちにおわると予言したそうである。ついでに書けば、広島で人面獣身の畸型《きけい》の牛が生れたという。写真を見ると、なるほど鼻が高く思案ぶった老人のような、人間らしい顔をしていて、あとの部分が完全に牛である。此の畸型の牛が人語をかたり、「日本は三度の敗戦ののち、かがやかしい大勝利のうちに戦争を終える」と言って死んだそうだ。また坂井は、何とかの本で読んだといって、日本海海戦の秋山真之《さねゆき》提督の「日米モシ戦ハバタトヒ九州ヲ失フトモ歴々トシテ我ニ勝算アリ」という言葉をしきりに言っている。藤倉《ふじくら》はにがり切っている。牛のはなしやコックリさんの予言は、彼には完全に馬鹿《ばか》々々しいらしい。自分も現在の此の状況と、昭和二十二年四月大勝利説とが、どういう筋みちで結びつくのかは、判断が出来ない。しかし一概に藤倉のようにこれを嘘《うそ》迷信とばかりしてしまうようには忍びない心持もあるのである。

だが、まあ、こんなことにはあまりかまけない方がいいだろう。勝つとも敗《ま》けるとも、いずれは自分たちの死んだのちのことである。濁水の浸入して来るとき、堤の穴を一つ一つ埋めている人間が、自分でもう駄目《だめ》だとおもい出したら、それはすべてが駄目になってしまう時だ。

二月八日

昨日飛行作業。亜号燃料も案じたほどのことはなく、或《あ》る程度自信が出来て来た。気流もよく、パスに入るのもたやすい。しかし二回目一度だけとちった。手、足の次々の作業は、全部瞬時のうちに有機的に聯関《れんかん》しているので、みじかい離着陸の動作では、ひとつとちるとすべてが駄目になってしまう。

「はやく単独になれよ」とS中尉よりしきりに言われる。

雪がふり出す。機上にいると、雪が非常な早さで顔にぶつかって来る。風圧のせいと両方ですこし咽《のど》をいためた。雪つもり出し、飛行作業中止、土曜日課となる。

本日外出。前日の雪が凍《い》てて空気がたいへんつめたい。靴《くつ》がすべって困った。別府の海には潜水母艦といっしょに潜水艦が三杯入っていた。其のうち一隻はたいへん大きな奴《やつ》で、艦首の舷《げん》など高くそりかえって、前から見ると駆逐艦かとおもう。汽車のなかでは、潜水艦乗組員が大勢いっしょだった。褐色《かっしょく》に垢《あか》じみていて、甚《はなは》だしく臭い。亀川《かめがわ》の宿にもたくさん来ている。みなくさい。ながい苦しい作戦からかえって来たところで、御苦労だけれども、ほんとうにくさい。宿は潜水艦乗員、われわれ、一般の娑婆《しゃば》の客とたて混んで、風呂場《ふろば》は混浴になる。九州の若い女は大胆なものだ。自分は羞《は》ずかしいようなへんな気持で、弱った。

汽車の窓から、西側の雪野原のなかに、大きな雪だるまがひとつ、汽車の煤煙《ばいえん》で薄黒くなって立っているのを見た。

フィリッピンの戦線は後退につぐ後退である。米軍は三日マニラに突入したと。きょうあたりすでに完全占領されたのではあるまいか。新聞には、「敵に大出血を与う」としきりに出ているが、なにほどの損害もあたえ得ず後退していることは、現地はむろん知っており、新聞記者も知っており、大本営も知っている。要するに誰も信じてないことを、「大出血々々々」と日本中で言い合っているのだ。東京では、敵愾心《てきがいしん》をもやしない士気を鼓舞するため、竹槍《たけやり》つくりがさかんだという。それで市民の退避用にも、軍需工場の保護のためにも、地下施設はなにひとつ出来ていないのだそうだ。千《せん》疋屋《びきや》の食事も、葱《ねぎ》の多い親子丼《おやこどんぶり》一式になった。

帰途、汽車のなかで、印緬《いんめん》国境からかえったという設営隊の男たちと話す。煙草《たばこ》二、三本あたえれば、何から何までべらべらとしゃべる。聞き出しておいて不愉快になる。汽車二十分遅延し、柳ヶ浦からはしった。二度雪にころぶ。藤倉もころぶ。坂井もころぶ。雪の歌をおもい出した。

わが里に大雪降れり大原の古《ふ》りにし里に降らまくは後

また、

吾背子《わがせこ》と二人見ませば幾許《いくばく》かこの零《ふ》る雪の懽《うれ》しからまし

二月十四日

一直の副直将校見習に立つ。空母四十乃至《ないし》五十隻を基幹とせる大機動部隊がマリアナ根拠地を発したという情報入り、夕方六時より合戦準備、明朝〇四〇〇より第二警戒配備となす。事態急迫す。

午後の飛行作業取り止め、艦攻練習機を飛行場外の掩体壕《えんたいごう》にうつし、「銀河」五十機の進出に備う。自分は三号機をひき出し、悪路のため無理をして、車輪をパンクさせた。

当隊にいるもの、七〇一空、五〇一空、七〇八空、全部特攻部隊なり。しかし道場住まいの七〇八空下士官搭乗員たちは、死をまえにしてひねくれ根性を露骨にさらけ出している。昨晩も今日も、酒に酔い甲板棒を持って学生舎にやって来、われわれは明日死ぬんだから、士官はわれわれをあつかうのにもうちっと注意してくれという。与太者のように「明日死ぬから、明日死ぬから」を連発する。学生総員と激論になる。かかる連中引き具して死地につき、使いこなして戦果をあげること、容易ならず。

桜花機の旗は指揮所の吹流しの横になびいている。「非理法権天」の旗も立っている。「桜花」はかねて聞いていた日本流のV一号で、翼のみじかい小さな飛行機だ。一式陸攻が爆弾倉のところに吊《つ》るしてゆき、終止符（…―・）を打って、母機からはなれ、それで此の世のおわりだ。故障を発見した場合、引き返して再挙ということもない。母機をはなれたときが、完全な最後である。おなじ特攻隊でも桜花隊の兵隊は陰気でいじけている。「銀河」の部隊はあかるい。一式陸攻の方はのんびりかまえている。

夜、「銀河」一機々々、着陸して来る。管制下まっくらな中に、障害燈《とう》の赤い色だけが、運命の進行をじっと暗示しているようだった。

二月十六日

昨日、敵機動部隊近接せず。出撃取りやめとなる。飛行作業なし。

本日飛行作業中、情報しきりに入って来る。敵艦載機関東方面来襲、横浜空、神ノ池《こう　いけ》空目下叩《たた》かれている。神ノ池で陸攻十機炎上。大都会被害頻々《ひんぴん》の模様。父島、硫黄島もやられた。

豊橋から九六式陸攻が二十機ばかり入って来た。これで陸攻約五十機、「銀河」約五十機集結し、宇佐はまさに、日本最大の、特攻機の集結地になろうとしている。しかし桜花隊は未だ出撃しない。敵をもっと引きつける作戦らしい。夕刻「銀河」十八機出発、鹿屋《かのや》へ向う。

自分らのうち一部が、急速養成ということになった。自分はそれにえらばれた。あと一年といっていた命も、もうあと何ヶ月と数えるようになった。

二月十八日

五時起床、敵機にそなえる。五〇一空は午前〇時より待機。夜を徹して発動機の音止《や》まず。ペラの轟音《ごうおん》胆《きも》をゆすぶるごとし。腹を据《す》え眼《め》をむいていないと、酔ってしまう。エンヂンの回転を地上でうんと上げると、空気が厚く抵抗が大きいため、ピストンに無理が来て正常な爆発をしなくなり、「パンパンパンパン」という音が出てプロペラの回転がかえって妨げられる。地上で出す此の最大限度がゼロミリ・ブーストで、レバーをゼロミリまで出すと、耳の鼓膜はふるえて、いまにも破れそうになる。

十二時頃《ごろ》、搭乗員は指揮所まえに集合していたが、室戸岬《むろとみさき》沖および有明湾沖に敵発見の報に、出発命令下る。鹿屋基地に集結、数時間後には特攻出撃である。水盃《みずさかずき》のあと、われわれは飛行場になにめにならんで、帽を振って見おくる。「銀河」十八機、機上よりも帽を振る者、敬礼している者、出発点に向う地上滑走で、わざわざわれわれの方へ寄って来て走り去ったり、前部の偵察席から立ち上ったりするのは、十三期の先輩、慶応、早稲田《わせだ》、東大出身の連中らしい。離陸するとき、一機々々機首を突っこんでスピードが増してゆくにつれ、電信席から手の先だけ出して、前後にはげしく振っているのが、小さく遠くすぐ見えなくなる。胸をつかれる。見おくり後、飛行機を分散する。

二月二十二日

気が抜けたかたちなり。四日たった。ついに何ごともなかった。

十九日には、出撃した「銀河」が着陸して来るのを見た。空母二隻、戦艦巡洋艦等轟撃沈の報はあるが、微々たるものというべきであろう。主力は結局出なかった。数すくない飛行機に国の運命を左右する責任を負わせて、最有効に使おうとすれば、作戦はどうしても消極的にならざるを得ないのだ。

敵はおもう存分のことをしてかえる。機動部隊一路南下中の報を聞き、それ以後絶えて消息なし。硫黄島に敵一万上陸。此所《ここ》の飛行場がアメリカの手中におちれば、東京大阪は戦爆聯合の行動半径内に入る。

昨晩の雪が三寸ほどつもっているが、水っぽい雪で、日射《ひざ》しはつよく、ぽかぽかとあたたかい。衣服を脱ぎすてて光を浴びたい春日和《はるびより》である。「垂水《たるみ》の上のさ蕨《わらび》の萌《も》え出づる」季節になった。たんぽぽが咲いているかも知れないと、Gがいう。雲雀《ひばり》はもう鳴きはじめた。九州もいいなア、とおもう。生きていることも、やっぱりいいなア、とおもう。

雪合戦。きょうの雪は握るときゅッと固くなる。雪のなかで、取組みあいを、元気一杯でやった。それから大きな雪だるまをつくった。雪のあたらしいところを掘って、コーヒー・シロップをかけて食うと、とても美味《うま》い。

「銀河」の連中は、昨晩、配給の太平洋を飲んで無茶苦茶に騒ぎ、騒ぎがしずまるとあつまって泣いていたが、きょうは午後から雪を吹きあげて次々に離陸、出水へかえって行った。見おくる。

ひさしぶりに神戸の三好《みよし》叔母よりたよりが来た。墨で「三好はつ子」と書いた封筒を持って来て、五十銭出せという。（女から手紙が来たらギザ一枚納めることになっている）

「ちがうちがう。これは叔母さんで、五十八だ。俺《おれ》は此のあいだ、片車輪穴に入れて飛行機うごかなくして、五円奉納したばかりだからゆるせゆるせ」というが、勘弁されず、取られる。神戸は此の四日にB29約百機の空襲でだいぶ手荒くやられたらしい。三好の家はしかし無事であった。

三月一日

藤倉死す。

午前の飛行作業で、自分が降りて来たあと、藤倉は第三回搭乗《とうじよう》、六番機で出発したが、離陸してすぐ、頭をあげすぎ、失速して、あっという間に左翼から墜《お》ちた。かけつけたときには、彼の顔に操縦桿《そうじゆうかん》がめりこみ、眼玉はふたつとも唇の横までぶらさがって、後頭部は割れて白く、血もろくに出さずに死んでいた。エンジンは機体から十メートルほど飛び、左主翼は石にもぎとられて、尾部もちぎれて飛ばされていた。昭和二十年三月一日午前十時二十七分ごろ、二十五年の生涯《しようがい》を閉じた。同乗の下士官B上飛曹《ひそう》は、顔が倍ほどにふくれあがって、ふかく裂けていたが、ただちに救難隊の担架で病舎に収容され、いのちは助かる見込みである。自分と村瀬だけが藤倉の遺骸《いがい》の面倒をみるためにのこり、ほかの者はそのまま午後も飛行作業継続。あとで坂井が来た。夕食後より休息室にて通夜《つや》をおこなう。

きょうは風がすっかり春の東風にかわり、みな一種軍装を脱いで身軽な三種軍装にかえて、朝拝のときに藤倉がまっ白な開襟《かいきん》シャツをつけていたのが、自分の眼にのこっている。感傷的にはなるまいとおもうが、大竹の海兵団で飲食厳禁された面会の日、ゲートルのなかに蜜柑《みかん》をかくしこんで来て食わせてくれた藤倉、水俣《みなまた》の深井さんの家での送別会に、「ランプひき寄せしらみ取り」という歌を真面目《まじめ》な顔をして天井を向いてうたった藤倉、ここのプールわきで下士官をなぐった自分を本気で詰問《きつもん》に来た藤倉、十八年春の万葉旅行のとき、九体寺で、あやめとかきつばたの区別を教えてもらったこと、そのあと「アレチノギク」と「ヒメムカシヨモギ」はちがうものかどうかと一日二人で言いあったことなど、とりとめないことのみ憶《おも》い出していると、涙しきりにあふれて来る。

遺族、O先生、E先生、それから水俣へ、報《し》らせを如何《いか》にしたものかと迷う。川棚《かわたな》の鹿島にだけ、とりあえず通知を出さねばならぬ。

いずれは来る死であった。藤倉の場合は、出陣の本願を遂げずに斃《たお》れてこころのこりであったろうとも言えない。此《こ》の一、二ヶ月ほどは、一緒に外出してもゆっくり話しあうおりがなく、むしろ彼の方にそれを避けるような素振りがあって、ひとりなにか真剣に考えつづけているようであった。察するに、特攻出撃というものに自分を順応させることがどうしても出来ず、いい加減に毎日をごまかして暮すことが出来なくてなやんでいたのではないかとおもうが、もしそうなら、其《そ》の苦しみに正対するまえに不慮の死がおとずれたことを、せめて彼のためにさいわいとおもおうか。

ねむれ、藤倉。自分も今日は、心身ともに疲れ果てた。明日の飛行作業にさしつかえないよう、通夜は早目に失礼して寝かせてもらうことにする。

三月三日

ひるま隧道《ずいどう》作業。川向うの丘の横腹の防空壕掘りである。穴は八つ、深さ約百メートル、横に自在の連絡路があって、病舎、兵舎、廊下などが地下に出来あがる筈《はず》である。われわれもやがて、此の穴のなかで暮すことになるだろう。土がやわらかいので、一日四メートルぐらい掘りすすむが、十人も入って作業をしていると、すぐもう空気が濁って来る。病舎にするには、通風換気によほど注意が必要とおもう。

夕方五時から、駅館川《やっかんがわ》の川原の松原のなかで、きのう半日かかって焼いた藤倉の遺骸の骨をひろう。火の色赤く、つよすぎたらしく、骨はくだけてみな小さかった。小さいのを丹念にひろった。「戦死」のあつかいで、藤倉は中尉《ちゆうい》に進級する。

国文科出身なのだから、歌でも手向けるようにと言われ、坂井がしきりに頭をひねっていたが、「なになにや雛《ひな》の祭の骨ひろひ」という俳句らしきもの出来て、「なになにや」あるいは「なになにを」のところだけ、どうしても言葉がみつからないという。結局二人で万葉集をさがすことにしているところへ、鹿島から電報が来た。偶然のことだが、彼も万葉の歌をおくって来たのである。

○直《ただ》の逢《あひ》は逢ひかつましじ石川に雲立ち渡れ見つつ偲《しぬ》ばむ

巻二の挽歌《ばんか》のなかから、われわれも人麿《ひとまろ》の一首をえらんで、海軍罫紙《けいし》に墨でうつして、其の電報と一緒にそなえた。きょう一人八個ずつ配給のあったネーブルも、みんなそなえてくれた。明日、藤倉の御両親が来隊される筈である。

三月十五日

しばらく日記をおこたっているあいだに、川は日々水嵩《みずかさ》を増し、隊内の桜も二分ばかり咲きかけて来た。麦畑には、雲雀があがったり降りたり、しきりに囀《さえず》っている。藤倉のこともいつか遠くなったおもいがする。われわれに猛烈な忘却作用がめぐまれているのこそさいわいであろう。

飛行機のうえは春の小世界。きょうは飛行時間がすこしながいので、小便袋をつけて飛んだ。馴《な》れないのと妙な姿勢をしているため、中々出なかったが、いよいよ放尿するときは実に気持がよかった。緑の麦畑、小さな漁船の白い航跡が幾条も見える。空気はぼんやりとかすんでいる。ちょっと宙返りでもやってみたい気分だ。

しかし此の九七艦攻は、腰バンドひとつ、落下傘《らっかさん》を座蒲団《ざぶとん》のように下に敷いて、傘《かさ》の環《わ》を席にむすびつけておくのだが、「貴様ら、ひらくとおもうな」と言われる通り、飛び降りても傘などめったにサッとひらかない代物《しろもの》である。頭のまえには風防が出ているから、もし脚を折ったりして急に停《とま》ると、かならず前額部をたたきつけて死んでしまう。燃料は悪いし、考えてみればこんな飛行機で、よくやっているものだ。

飛行作業をおわり、明日は日曜日課、外出、それ以後は作戦のため、五月一日まで外出がなくなると言われ、わいわい評定しながら学生舎へかえって来た。そして、昨夜大阪がB29約九十機の爆撃を受けたことを知る。新聞の写真を見ると、焼夷弾《しょういだん》が、まるで雨のように火の尾を曳《ひ》いて降りそそいでいる。B29の一機搭載量十噸《トン》として計算すると、撒《ま》かれた範囲から見て、一戸あたり四、五発乃至十発ぐらい焼夷弾が降る割合になるそうだ。阿倍野《あべの》区、天王寺区、住吉区は全焼したらしい。被害は、去る三月十日の東京の空襲とともに、ほぼ前の関東大震災のときとおなじ程度だという。

家のことが心配になる。また、衣食に窮し前途に疑惑をいだきはじめている国民が、此の試煉《しれん》に耐えてくれるかどうかが心配になる。ここで崩れ出したら、もはやとめどがないという気がするのだ。それではわれわれは何のために死にに行くのかわからない。

B29、撃墜の報じられているもの、僅《わず》かに十一機。

三月二十二日

去る十八日、急遽《きゆうきよ》避退の命令が出て、島根県の美保《みほ》航空隊に飛び、きょうかえって来た。其の日、あさ五時三十分総員起し、「配置ニツケ」のラッパが鳴り、すぐ指揮所まえに整列、待機。本隊の陸上攻撃機二十機、間もなく発進。足摺岬《あしずりみさき》南方、当隊より二〇〇浬《カイリ》の地点に、制式空母三、特空母二より成る敵機動部隊出現の報のためである。

七時半、半数ずつわかれて食事にかえり、九時半ごろ、陸攻の攻撃で空母一隻炎上《せき》中のニュースが入り、ついで急に、大分市上空グラマン百二十機旋回中の情報。いよいよ出撃かとおもっていたわれわれは、飛行機を持って美保へ避けることになった。途中グラマンと遭遇して空戦になるかも知れず、場合によっては突っ込むかも知れぬと言われ、みないそいで簡単な遺書をしたため、十二時十分ごろ、僚機艦攻三十六機、艦爆三十機とともに、編隊をととのえて美保へ向う。しかし、艦爆が一機途中で落伍《らくご》不時着しただけで、一同無事美保へ着いた。美保空は宍道湖《しんじこ》や中海《なかのうみ》をひかえた景色のいいところで、雪をかぶった大山《だいせん》もよく見えた。

宇佐がやられたのは、自分たちが出たすぐあとであったらしい。きょう、四日目にかえって来て、のこった連中のはなしを聞くと、一時ちょうどころ、突如へんな轟音がして最初のグラマン四機、急降下であらわれ、格納庫から一式陸攻めざして銃撃、地上十メートルくらいまで突っ込んで来て、一式の尾部とスレスレの高さで引きおこして逃げる、実に素早かったそうだ。指揮所あたりから、七・七ミリ機銃がさかんに射撃するが、相手の十三・七ミリとではは　なしにならず、ほんとうに刃向っていたのは、陸軍の「飛燕《ひえん》」一機、三ツ巴《どもえ》の編隊空戦になり、これは終始よく活躍してくれたそうだが、敵は結局ほとんど無傷で、悠々《ゆうゆう》と旋回集合してかえる。其のあと、二時ごろ、三時半ごろとつぎつぎの来襲で、おもうようにやられ（南西の太陽の光のなかから降って来る）、ロケット砲を打ちこまれて一式陸攻の火を吹くもの続出し、格納庫も火災、「桜花」の発進も不可能、配電盤機能をうしない、戦死者も多数出た。遺書を書いて出かけた者は全員無事、のこった者が死んだ。きょうはもう、死体はすべて川原で油をそそいで焼かれて、遺骨になって飾られている。美保からかえった連中は、みな苦笑気味で遺書を破って捨てていた。

飛行場へ散歩に出てみると、のこった天山艦攻も被弾のないものはほとんどない。滑走路のはずれまで行くと、たけた土筆《つくし》が野のなかにぎっしり生えて、春の草のいい匂《にお》いがしていた。近在の農家の人らしい母娘が、目ざるに一ぱい土筆をつんでかえって行く。自分のすがたをみとめて、とがめられると思ってかえるのではないかとおもい、「いいんですよ。一緒につみましょうか」と声をかけたが、「いいえ、もうやめました。雨が降りそうですから」と言って行ってしまった。ほんとうに、やがて霧のような雨が降りはじめ、人気のない飛行場にひとり、ロケット弾で打ち抜かれて翼を折れ垂らした陸攻や、焼けただれて点々と抛《ほう》り出された発動機をとおくながめていると、古戦場にいるようなさみしい気持がした。

れいの「桜花」の野中部隊の「南無妙法蓮華経《なむみようほうれんげきよう》」の幟《のぼり》も無くなっている。彼らは鹿《かの》屋《や》に移動し、きょう鹿屋から、南方三六〇浬の二群の敵機動部隊に攻撃をかけているそうだ。「桜花」搭乗員の兵隊のあいだには、なにか陰気な空気がただよっていたが、これをひっさげて行く陸攻部隊の勇猛さは、ちょっと類のないもので、いくら覚悟をかたくしても、彼らの真似《まね》は出来ないとおもうことがある。あさ、一式陸攻十二機ぐらい、各〻腹に「桜花」を抱いて出撃して行くが、親飛行機の陸攻の損耗は相当にはげしく、大抵半分はおとされ、「桜花」を放ってどうやら生きのこったのが半数ぐらい、弾痕《だんこん》だらけになってかえって来る。それが、昼飯を食うと、あたらしい「桜花」を抱いてまた出かけて行く。数時間して、一層弾痕だらけのすがたで、二機か三機になってかえって来る。べつに武勲をかたるでもなく、特別の給与も要求せず、しばらく其のへんで休んで、夕方ちかく、また出て行く。そうして全部いなくなるのだ。出たら完全に出たっきりの「桜花」と、それを連れて行く陸攻と、気持のうえでどちらが楽でどちらがつらいか、はっきりは言えないが、まるで定期便のパイロットのように、行ってはかえり、行ってはかえり、死ぬまでやりつづけるのは、尋常のことではないような気がする。

硫黄島もついに玉砕した。三月十七日夜半のことであると。敵上陸軍の七割三分、計三万三千を殺傷し、本土防衛に貴重なる一ヶ月をかせいだというが、果してしかりや？　此の島の将兵の奮戦に報ゆるに何の策をなしたか。無電をもって声援し叱咤《しった》しただけで、すべもなく見殺しにしてしまったというのがほんとうではないのか。ときどき、自分らの身のうえもこれとおなじだと自分は考える事がある。

三月二十四日

〇五三〇総員起し。敵沖縄《おきなわ》に来襲。艦攻七機に出撃用意。ついにわれらにも特攻出撃の時がちかづいて来た。

神雷隊（桜花）の攻撃は、グラマン五百余機の邀撃《ようげき》をうけて失敗した。直衛の戦闘機も全機未帰還。野中五郎少佐は戦死。敵は「桜花」に「BAKA」というコード・ネームをつけているそうだ。バカの一念、如何にかして彼らに見せたかった。なんということであろう。

四時から講堂で司令の訓辞。国難とか大義とか、もうたくさんだ。言われなくても自分たちはするだけのことはする。海兵出の偵察《ていさつ》学生に過度の飛行をゆるし、油をあたえ、（卒業にさいしては帰省もみとめ）、われわれをこんにちの苦境におとしいれたのは誰《だれ》の責任か。せめてわれわれを百時間乗せてくれていたら、いつ出撃ときまっても、どれだけ不安がすくなかったことだろう。未熟なままで自分たちは甘んじて行くが、決して海軍という軍閥のためにつくす気はないのだ。いつか相撲大会のあと、誰かがわめいていた言葉を、自分は真実とおもう。

三月二十六日

米軍慶良間《けらま》島に上陸開始。沖縄を艦砲射撃している敵は、戦艦五、駆逐艦二十、機動部隊は東方海面にいるらしい。一式陸攻の生きのこりが出発した。「銀河」「天山」

の部隊にも待機命令が出た模様である。

ウルシー泊地攻撃の「神潮特別攻撃隊」のことが新聞に出ている。はっきり書いてないが、潜水艦より出た人間魚雷であるとおもう。隊員の過半数は、予備学生出身者で占められている。海軍兵学校出身の士官たちは、われわれのことを未だ猿《さる》だとおもうだろうか。

昼食時父からたよりが来た。家は無事であった由《よし》、大きなよろこびを感じる。

午後、防空作業に四日市へ出た。作業場のうらを廻《まわ》って丘をひとつ越すと、夢のようなうつくしい山間《やまあい》がある。山々がかさなり合って次第にとおく春霞《はるがすみ》のなかに溶けこみ、丘のなだれにつづく果樹園。紅梅の匂う家、麻畑、松の林。光る高がや。うぐいすが人をおそれず、まわりを自由に飛びまわって鳴いている。すずかけの枝には、頰《ほお》白《じろ》がのどかな陽《ひ》をあびている。ぐみは実をつけているが、未だ赤くなっていない。此の奥は多分耶馬渓《やばけい》の方角になるだろう。水田には泥鰌《どじよう》が、水をチリチリふるわせてうごいている。隊でも、指揮所横の溝《みぞ》の、春の水のなかで、ふなやもろこがたくさん泳いでいた。こんなしずかな、やわらぎに充《み》ちた自然と、ぎりぎりのはげしい戦況との対比が、自分にはなんだか不思議でたまらない。

四月三日

昨晩、本隊の和気隊護皇隊に最初の出撃命令が出た。艦攻隊長は十期の藤井大尉(東大)、艦爆の隊長は、十三期円並地中尉(早稲田)、われわれからは艦爆上野少尉、杉本《すぎもと》少尉の二名が参加する。上野は専修大学出身、杉本は慶応。兵学校出身者一名も加わらず、全員予備士官の編成である。

決ったあと、さそわれて藤井大尉の部屋に飲みに行くと、彼は海兵出のやり方がきたないと言って憤慨していた。大尉は外地ではたらいて来て、しばらく休養の意味で当隊に配属になったばかりのところを、すぐ出撃で、怒るのも無理はない。搭乗員《とうじよういん》温存、飛行機温存という名目で海兵出がのこることが、他部隊でもよくあるらしい。海軍にはいろんな不思議なことがあるのだ。

けさ七時、あたらしい鉢巻《はちまき》をしめ、軍刀を持って、みどりの色のきれいに拭《ふ》き清められた飛行機に乗り込む。藤井大尉も、もう何も言わなかった。隊長の最後の注意は、「各自地球を抱いてぶっ倒れろ」と。

みんな桜や桃の小枝を折って、偵察席に置いたり、飛行帽に挿《さ》したり。やがて試運転。耳を聾《ろう》する轟音《ごうおん》が、いっさいの感情を圧してしまうようだ。言葉が全然きこえない。機はするすると滑走をはじめ、エプロンで隊形をととのえ、やがて藤井大尉が偵察席に立ちあがって高く片手をあげ、発進、串良《くしら》および国分《こくぶ》に向った。或《あ》る者はほがらかに、或る者は緊張して青ざめて、あとは飛行機のなかからはげしく振る小さい手首だけが見えて、一機々々すがたを消して行く。必中をいのると言いたい。それ以外にいのることはないのだ。自分は帽子を振って見おくりながら、とても平気ではいられなかった。

しかし彼らの出発を見おくっているときまでは、自分にまだまだ他人事のところがあるらしい。どうもそういうものらしい。今夜七時半過ぎ、T中尉が、コッツ、コッツと半長靴《はんちょうか》の音をさせて、ぶらりと温習中のデッキへ入って来た。見れば手に小さな紙片を持っている。途端に自分は頭がカアッとなって来た。第二回特別攻撃隊員の発表である。舎内は水を打ったようになってしまった。T中尉はさりげなく名前を読みあげる。

「幾島少尉、白崎少尉、古市少尉、坂井少尉――」

「…………」

「以上四名、明朝七時出発するから、用意しておけ」

選に洩《も》れた者の息を吐く音がした。自分はすぐ坂井の顔を見た。ならんで白崎の顔も見えた。坂井は、電気にかかったように顔、上半身硬直していた。さすがの相撲の猛者《もさ》の白崎も、顔面朱をそそぎ、こちんこちんになっている。古市は外出中で、すぐ知らせることにする。特別外泊がゆるされる。これには、女を買って来てもいいという含みがある。しかし平素其《そ》の方面で相当発展していた者も、此《こ》の日は出なかった。ただちに祝盃《しゆくはい》の用意をする。指名された者は全部艦爆。隊長は土屋中尉とのこと。

坂井は動顚《どうてん》してしばらく普通でなく、其の様子が正視出来なかったが、一時間ほどするうちに、みなも坂井も、次第に硬直状態が解けて来た。酒を飲みながら辞世を考える者、遺書を書きはじめる者、荷物の整理をする者。

「カンジとしてという字はどう書くんだ？」と訊《き》きに来る。白崎は、

「先《ま》ず糞《くそ》をして来る」と言って、便所へ立って行った。そのうち古市が、息せき切ってかえって来た。

コーヒー・シロップを濃く溶いて、あついコーヒーをつくって坂井に持って行ってやると、家や、Kや鹿島や、京都の先生たちにたくさん手紙を書いていた彼は、美味《うま》そうにそれを飲んで、

「辞世が出来た」という。

「此の道は汝《なれ》も来る道花あらし」というのだ。

「これは、俺にもはやく来いという意味だろう?」と言うと、

「そうでもないけど……。藤倉が一番、貴様三番目で、鹿島はどうなるか知らんけど、まあぼちぼちでもいいから、来てくれ」

「結局そうじゃないか」と一緒に笑うだけの余裕を、彼も取りもどしていた。

十一時過ぎ寝に就く。飛行服のまま眠る。指名された者、みないびきをかいて、よく寝る。

本日戦果、空母一、巡洋艦二、駆逐艦二、ほかに艦型不詳四を撃沈。撃破とあわせて計十五隻。

四月五日

昨日は雨で出撃とりやめとなった。

本日快晴。隊内の桜がちょうど満開である。わかれの盃《さかずき》に頬をほてらせて、桜の木のしたで写真をうつしてもらっているのが、みな花やいで見える。一昨晩、あのように硬直してゆがんだ顔をしていた者どもが、けさは実に安らかな、うつくしい顔になっていた。艦攻二十三機、艦爆八機。誰も彼も若く、ほんとうに若さにかがやいてい

る感じがする。

整列、型通りの簡単な儀式があって、解散。坂井は酔いの出た顔で、自分に一寸《ちよつと》「失敬」という様子をして見せ、機の傍にはしって行った。プロペラの後流のはげしい風のなかを、背に挿してもらった桃の枝を左手でかばいつつ、こごんで飛行機のアンテナをくぐり、席に乗りこんだ。七時、一番機が列線を出る。七時五分、坂井が列線を出る。其のとき、見送りのみんなの方を見ていた坂井の顔は、急に泣きそうな表情になった。彼は操縦桿《そうじゆうかん》をはなして、いそいで飛行眼鏡をかけてしまった。其のおもいが、はっきりと、痛く、自分の胸に来た。

出発。滑走路上、速度を増し、見事に離陸して行く。すぐ青空のなかの黒点になる。一次二次全部の発進をおわったのは、七時三十分ごろであった。

沖縄の状況は非常に悪いらしい。すでに二つの飛行場を占領されたということだ。アメリカは、沖縄作戦に投入した艦艇千四百隻と称している。ここで日本に、回天の機が来るものかどうか、どの程度それが坂井らの肩にかかっているものか、自分にはわからない。しかし、藤倉、坂井の二人をうしなって、自分ももう、死ぬだけはいつでもゆっくり死ねるような気がする。

四月六日

二時半ごろ、飛行場で自差修正をやっているところへ、本隊の特攻部隊からの無電が入電しつつあるという報《し》らせが来た。十一時ごろより十五分置きに、四機ずつ串良を出て行ったらしい。串良、国分、其の他台湾の基地からも、待機中の全特攻機が沖縄周辺の敵艦艇へ殺到した模様である。陸軍機も参加している。菊水一号作戦。

戦艦大和以下、燃料片道搭載で沖縄へ出撃したという噂《うわさ》もある。

「ワレ奇襲ニ成功セリ」

「ワレ突入ス」

「ワレニ天佑《テンユウ》アリ。戦艦ニ突入ス」

という風な電報がつぎつぎに入って来る。どれが坂井機かわからないが、彼も亦《また》立派に突っ込んだにちがいない。あのオンボロ艦攻や艦爆で奇襲に成功したとすれば、まったく天佑というほかないのだ。

けさは早く、第三次護皇隊、村瀬、田平、富士原（以上艦攻）、艦爆は伊藤が出て行った。伊藤はデッキを出るとき、

「それではちょっくら先に行って来ます」と言い、それから、

「また来る春の桜は、平和な日本に咲かしてえよ、まったく」とおどけていた。おどけて言うよりしようのない気持であったろうとおもった。

白崎、村瀬征《い》って、精鋭をほこった十四期の宇佐の相撲チームも潰滅《かいめつ》した。艦攻はこれで五人出た。自分は未だ選に洩れている。

此の日気温ひくく、つめたい風が吹いている。明日出撃の連中が、夕刻から宇佐神宮へ参拝に出かけた。

四月七日

出水《いずみ》のころの飛行長、れいの鞍馬天狗《くらまてんぐ》のN少佐が、先日来、七二一空の隊長として此所《ここ》に来ている。少佐はわれわれの仲間の出る日は、かならず来て、自分の育てた者たちの出撃を見送っている。

きょうは第四次護皇隊が出発した。われわれ学生からは、艦攻六名、艦爆十三名で、堀之内少尉《しょうい》も黒崎少尉も出て行った。堀之内は台北高等学校から東大法科を出た男で、家は台湾に在り、此の三年のあいだ父上母上に会っていないのだそうだ。そういえば、かつて水兵時代、予備学生時代、面会のたびに彼が手持無沙汰《てもちぶさた》にさみしそうにしていたのを、自分はおもい出すのである。いま彼がたどろうとしている死出の道は、むかしかよいなれた帰省の道であり、三年目の家路である。堀之内は此のことを、感慨ぶかく静かにはなして出かけて行った。

此の日、小磯《こいそ》内閣の総辞職を知る。無為無能、しょぼしょぼとなんの為《な》すところもなくつぶれてしまい、しかも「次期内閣に期待して辞める」とか、「戦局意の如《ごと》くならず」とかいう言《げん》を公《おおやけ》にしているのは、どういうつもりであろうか。いまのときに、意のごとくなることがひとつでもあろうか。戦っている者は、一度失敗したらみんな死ぬのである。此の危機に国を追いこんだ己れの無策をみとめながら、首相が生を全《まっと》うしてやめてよいものであろうか。こんな総理大臣がいなくなってくれるのは結構だが、其の考え方、態度があんまり勝手で無責任だ。此の人たちの無能の犠牲になって、無意味な死をとげた青年たちが、あまりに可哀《かわい》そうだ。

藤井大尉は、海兵出の自己保身の身勝手を罵《ののし》っていたが、いったん出撃後は、戦艦に突入するところをグラマンの追蹤《ついしょう》をうけ、身をひるがえして一時間半にわたってねばり強く避退をつづけ、ふたたび戦艦をねらい、そして三度これを避けて空母に突入して戦死したと聞く。われわれの仲間の永沢も、列機の練習生が火を吹いて一機々々突っ込む様子を、詳細に通報して、最後に「ワレ突入ス」の無電を打って戦艦に命中した。皆いわゆる本職の軍人ではないのだ。此の人たちの死と、小磯大将らの進退とを、自分は憤《いきどお》りをもって比較せずにはいられない。

夕方、飛行作業を三月中旬以降やめていた十河、渡辺、渋谷ら六名の者も、急に召されて他の基地の特攻部隊に編入されることになり、陸路出発した。「用意が出来ているか」と訊かれてから二十分、はっきり行くと決定してから五分で、文字通り取るものも取りあえず、隊門を出て行ってしまった。

四月十二日

夜半三時ごろ、B29少数機の来襲があって、高度ひくいらしく、圧迫するような金属音が聞えていたが、みんなねむくてねむくて、一蓮托生《いちれんたくしょう》ときめこんで誰も起き出さなかった。

けさは八時二十分に艦爆の特攻隊が出撃した。午後一時ごろ串良を発進、艦攻部隊とともに突っ込む予定である。これで艦爆の特習学生で飛行作業をつづけていた者は、全部出た。艦攻も、宇佐空には飛べるのは、もう一機ものこっていない。自分はまた生きのびたらしい。うれしいとか倖《しあわ》せだとかいうだけの気持にはなれないが、やはり或る感慨をおぼえずにはいられない。

きょうはひさびさの春日和《はるびより》で、雲はなく、空はうららとかすみわたっている。桜はようやく散りはじめて、みどり色の若葉を見せはじめた。九州の桜はそうなのか、実にながい間咲いていた。風の肌《はだ》ざわりは、むしろ京の疎水《そすい》の五月六月の夕をおもわせる。からたち、木蓮《もくれん》。また蚕豆《そらまめ》、なたね、大根、れんげ、すみれなど、野や畑の花を見ていると、生きていることが、しみじみと感じられる。

艦爆隊を見送ったあと、候補生は駅館川《やっかんがわ》の対岸の穴へ、自分たちは女学校の校舎へ引越しをした。引越すとき、帽子《ぼうし》棚《だな》に、遺族にわたし忘れた藤倉の軍帽がひとつ、塵《ちり》だらけになってのこっていた。校舎の大きな部屋住まい、合宿のようだとみんなよろこぶ。畳を敷き、棚を吊《つ》って、トランクや救命胴着を整理し、カレンダーをかけ、花まで活《い》けて、大いに整理整頓《せいとん》の精神を発揮する。五十人に畳四十畳で、色々なものを置くから、寝るときは二畳に三人の割合で寝ることになる。

五月一日をもって宇佐空は解隊になるという噂がつたえられている。われわれは分散して各地の飛行場へ行くことになるらしい。そして或る者は、特攻配置は特攻配置として、陸戦斬《き》り込みの訓練を専門に受けることになるかも知れぬという。いずれでもよいが、やはり出来れば空で死にたいものだ。ちかごろ、戦果が当隊に入る無電に比して、どうも少な過ぎる。また、其の戦果の発表にくらべて、敵の攻勢はすこしもにぶる様子がない。米上陸軍は首里へ四キロにせまった。これはどういうことか？戦艦空母等に目標をさだめて、突撃の姿勢に入ったとき、各特攻機は、「ワレ突入ス」その他、略符で無電を打つのだが、そこから命中するまでのコースで、多くのものが対空砲火に墜《おと》されてしまい、効果があがっていないのだともいうが、どういうものだろうか、不安な気持がする。

女学校の教室から、「辻《つじ》音楽師」の歌の合唱が聞えている。

四月二十一日

B29の爆撃を二回にわたって受ける。

此の日副直。当直室を出てガンルームに入り、朝飯の茶碗《ちやわん》に箸《はし》を立てた瞬間、机がぐうッと持ちあがって来て、ゴチン、ゴチン、ゴチンと顔をぶっつけ、気がついたら壁土のなかで床を這《は》っていた。逃げ出すとき、かたわらに一名死んでいた。誰《だれ》であったかついに知らず。

B29がマリアナ基地を発したという情報は早く入っていたのだが、八時二十分ごろ呉《くれ》鎮守府管下第二配備となり、つい本隊も警戒を解き、不意を突かれた。八時三十分に十機、同四十五分に十二機、当直室まえに一弾落ち、となりの電信室にも一弾、飯を食いに当直室を出ていなかったら、少くとも大怪我《おおけが》をしているところであった。二回目の来襲のとき、隊門衛兵の四十四、五の老兵、気がへんになり「ワアーッ、ワアーッ」とさけんではしりまわって退避しないので、なぐりつけて地べたに伏せさせた。自分は鼓膜をいかれて、一時物音がほとんど無くなった。わずかこれだけの来襲で人員損害異常に大きく、死者二百名に達せんとす。艦攻学生七名、艦爆学生二名も戦死した。警戒が解けて朝食の卓にあつまっていた者が多かったのだ。佐世保の管内に入るべき宇佐空が、呉鎮管下に入っていたのがいけなかった。

頭のない者、手だけの死体、はらわたをちぎられた臓物のかたまりのような者など、それに麻酔剤が欠乏して、麻酔なしで足の切断手術をやっているので、病舎の方から、阿鼻叫喚《あびきようかん》のうめき声が聞えて来る。

時限爆弾が多数のこっているため、飛行場は完全に使用不能になった。命令の伝達困難をきわめ、死体の収容もなかなかはかどらない。自分もバケツを持って出て、手首や、靴《くつ》をはいたままの足などを拾って来る。爆弾の破片で脳を半分にそがれたのなど、藤倉のときと同じに、断層のようになっていて血も出ていない。

重傷の蒔田少尉は生命を危《あや》ぶまれているところへ、午後妹が面会に来た。特別に会わせてもらったが、蒔田の方ではわからなかったそうだ。看護にのこりたいといったが許されず、別府へ行って泊り経過を待つと、眼《め》を赤くしてかえって行った。殉職のあと、出撃の日などによく肉親が面会に来ることがあるのは不思議である。

われわれの宿舎の女学校も、焼夷弾《しょういだん》のため焼失した。自分は靴をうしなっただけで衣類はたすかったが、女学校の生徒たちには、ほんとうに気の毒なことであった。朝からなんにも食わず、午後二時ごろ握りめしを一つ食っただけ。終日気が立っていて食欲も起らない。夕食は乾麵麭《かんめんぽう》で、五、六枚食ったらいやになった。咽《のど》だけが非常にかわく。

駅館川べりの横穴にねむる。夜中うめき声絶えず、其《そ》のうち息を引きとった奴《やつ》を運び出す「重いな」「うん」などという声が、すぐとなりから聞えて来る。

四月二十三日

本日、死体の取り出せた百五十人ばかりを、各分隊毎《ごと》に穴を掘って一度に焼く。井岡大尉の奥さんが、生れたばかりの遺児を抱いて焼場へ来ておられた。おもえば此《こ》の川原に幾人の骨を埋めたか、もはや数えがたくなってしまった。

午後は飛行場の修理作業であるが、未だときどき時限爆弾が爆発し、なかなか危険である。夕刻、火葬の火は消え、死体いまだ燃えつくさず、門少尉の腹などこってり残っていて、木で突つくと血が出そうだ。熱したトタン板の上にころがった戦友の肉がジューッと音を立てているのを聞いても、気味わるくもなければなんの感動もない。死に対して、すこぶる無感覚になってしまっているようだ。それでも我が身をまもる本能はつよく残っていると見えて、いざというと、実に無意識的に素早く逃げるのだが、これで突っ込むときには、どういうことになるものであろうか。ただし、衣類財宝にたいする執着は、きわめてうすし。茂吉の「寒雲」をTに貸していて、チェストのなかで灰にしてしまったのが多少は残念であったけれども。

日没後、山の上の農家へもらい風呂《ぶろ》に行く。順番を待つあいだ、庭のうつくしいバラを見ていた。夜かえる道に、大きな月が出た。

四月二十八日

菊水四号作戦開始。沖縄へ総攻撃の日なり。しかし宇佐空ではまるで他人ごとだ。

飛行機が無いのだから仕方がない。われわれの転勤のおぼつかない噂がつづいている。艦攻は百里原《ひゃくりはら》か千歳《ちとせ》へ行くことになるというはなしだ。

敵の機動部隊、空母十四隻《せき》が沖縄にあらわれている。国の命運、ただいのるばかり。穴居生活はくらく、くさく、湿っぽく、一日いると服もしっとりとして来る。夜すこぶる冷える。風邪をひいたらしく、熱が九度ちかくあって、だるそうな様子をしているといって、顎《あご》を一発やられた。熱があるといってなぐられるのはどういうものか。しかしどっちでもよろしい。俺《おれ》たちはどんな生活にだって耐えてやる。みんなで天井にカンバスを張って土の落ちて来るのを防ぎ、人形をかざり、燃えのこりの毛布をきれいに敷いて美装する。しかし電燈《でんとう》は概《おおむ》ね一日中消えている。

朝の川原は実に気持がいい。濡《ぬ》れた砂を踏んで洗面に行くと、鶺鴒《せきれい》かなにか、小鳥のあしあとが、川原のうえに小さく、模様のようにのこっている。静かに海からのぼって来る流れの底に、じっとすき透るような小魚がへばりついている。口をすすぐと歯磨粉《はみがきこ》の濁りで魚は見えなくなる。そのうち爆(艦爆の連中が飼っている犬)がどこからあらわれて、尾を振ってまつわりついて来る。これが毎朝の日課だ。爆はムク犬の雑種だが、さいきん仔《こ》を産み、これがまたなんとも言えず可愛《かわい》い。われわれの方にも一疋《ぴき》もらおうではないかと言っているのだが、未だ乳ばなれしないのでもらえない。

命の永らえていることは、幸運といえば幸運、だが妙にこころにいたいものだ。われわれは当隊でもはや中堅になってしまった。司令以下、十三期のわずか二、三人の偵察《ていさつ》をのぞいては、搭乗員《とうじょういん》の最先任者になった。十三期は全戦線で三分の二以上死んでしまった。あとわれわれの死に方だけが国の運命を決定するだろう。油と飛行機がほしい。

五月三日

四十九日ぶりに外出をゆるされる。風邪もなおった。亀川《かめがわ》ではかぢや、別府の本屋、千疋屋《せんびきや》、散髪屋など、いろんなところへ顔を出す。どこでもみな、地獄からでも帰ったように、おどろき、よろこんで迎えてくれる。ビールがうまい、夏みかんがうまい、さわらの刺身がこよなくうまい。しかし、

「藤倉少尉は？」

「坂井さんは？」

と訊《き》かれ、自分は其のたびに彼らの最期《さいご》をはなさねばならなかった。そうすると、

或《あ》る人は、「ほんとうに、……ねえ」と言って涙をうかべて黙ってしまい、或る人は、つぶやくように、

「もうこれ以上貴方《あなた》がたに死んでもらいたくない。何とかして戦争をおわりにすることは出来ないんでしょうか」などと言う。これを言ったのは実は、散髪屋のおかみさんである。自分は返答に困ってしまった。

「そうは行きませんよ」「これからですよ」などと元気な調子で、おざなりなことを言って来た。

特攻隊ももう、これを神格化した時代は過ぎ、——海軍ではもはや誰も特攻を特別なこととはおもっていない。新聞だけがこれを惰性的に通俗的に神格化しているのだ——自分のこととして、各〻面《おのおのおもて》に出して悩むことも出来るようになった。気分的にはかえってそれだけ自然になり、余裕が出て来たとも言えるだろう。もっとも、どの一人を取ってみても、いよいよ出て行くときは、実にふっ切れたうつくしい顔をしてわかれて行く。自分の場合もきっとそうであろう。ただ、散髪屋のおかみさんのような事を言われると、ふっと妙な娑婆《しゃば》ッ気が出て、母のことなどおもい出すのである。

ひさしぶりの外出はまことにたのしかったが、日が暮れて帰途につくときは、いつの外出のときもそうであったように、何ともいえぬさみしさに取りつかれてしまった。

道に、石崖《いしがけ》の石のあいだから小さな川蟹《かわがに》がもそもそとたくさん這い出していた。近寄ると、半身崖のあいだに入れて、警戒しながら様子を見ている。道に出た奴を追いかけると、赤い鋏《はさみ》をおっ立てて、怒って、大あわてで逃げて行く。佇《たたず》んでしばらく蟹とふざける。さみしかった。

ドイツはついに降伏した。刀折れ矢尽きた感じである。赤軍はベルリンをほぼ完全に占領したらしい。ドイツ側にのこされた唯一《ゆいいつ》の放送局ハンブルク・ラヂオは、ヒットラーが亡《な》くなったことをつたえているそうだ。独軍最高司令官にはデーニッツ提督が任命されたというが、これはもはや敗戦交渉のための司令官なのであろう。ムッソリーニはとらえられて殺され、其の屍体《したい》がミラノの広場にさらされているそうだ。

五月七日

あさB29約四十機の襲撃を受け、エプロンがひどくやられた。警戒充分で、死傷はすくなかったが、時限爆弾が危険で外へ出られない。ときどき地雷のように炸裂《さくれつ》して、土けむりが百メートル以上もあがるのを見ると、こちらの八十番より強力なものを積んで来ているらしい。飛行場から五百メートルもはなれた横穴にまで、はげしい爆風がおそって来る。

陸軍の「屠龍《とりゆう》」が邀撃《ようげき》して戦果があった。一機は体あたりをして、B29一機とともに八面山《はちめんざん》に墜《お》ちた。敵兵の落下傘《らっかさん》で降りた者があるので、捕虜収容のために、二階堂少尉《しょうい》と一緒に出かけて行く。警防団の応援で山狩りなどもあって、夕方ちかく、手を挙げ暢気《のんき》な顔をしてあらわれた二名を、つかまえて帰って来た。年齢は二人とも二十二歳で、だいたい我が国の予科練というところらしい。一名はローマンス軍曹《ぐんそう》といい、もう一人は名をわすれた。ローマンスは左の射手で、左側方から日本の戦闘機がせまって来たので、体あたりと直観して、恐怖から夢中でとび下りたのだという。腹がへったなどと言い、中津を通って来るときには、物めずらしさにあつまって来る人々に、愛嬌《あいきよう》たっぷり手を振ってみせたり、無邪気というか小憎らしいというか、こちらとはあまりに神経がちがい過ぎるのでおどろくほかない。ポカポカなぐられても、ちょっと顔をしかめるが、すぐけろッとしている。爆撃で大勢やられて間がないので、斬ってしまえと興奮している者もあるが、取扱いについては厳重な達しが来た。ローマンス等の方では、生命の不安など全然感じていないようだ。すぐにも米軍がたすけに来てくれるぐらいに考えているようである。

此の日、われわれは百里原への転勤が決定した。十一日、汽車を学生の方で自由に選定して出発する。宇佐空は解散する。

日没時、軍艦旗降下。穴の前からはるかに敬礼する。隊内の建造物はすべて崩壊し、しずかな入陽《いりひ》のなかに、ゆるやかに降りて行く最後の旗を見つめて、感慨無量であった。宇佐はきびしかったが、一方やり甲斐《がい》もあった。ちかくに別府をひかえて、いでゆと食い物とにもめぐまれた。またここから、実に多くの友をおくり出した。彼らはもう還《かえ》って来ない。

百里原は、茨城県でももっとも辺鄙《へんぴ》なところで、三里四方民家が無いと言われており、鉄道からも遠く、たのしい外出など思いも寄らぬことになるであろう。

五月二十一日
百里原海軍航空隊

十一日、雨中、空襲警報解除を待って宇佐を退隊、二時の上りにて柳ヶ浦を発《た》った。ローマンス等は残留部隊の手にのこされ、間もなくどこか収容所へ送られる筈《はず》である。汽車は二等で、軍用列車でないので気持よし。ブドー酒各自一本、ビスケット三袋、機上食一、これらは故郷の家で食べたくてのこしておく。列車は大阪までに七時間おくれた。神戸、大阪の被爆地をつぶさにながめた。ひどいものである。自分はふと、サンフランシスコ、シカゴ、ニューヨーク――アメリカのそういう町々のすがたを頭にえがいて、それがまったく無傷で堂々と、石造の繁華をほこっていることを考え、もう、此のいくさに勝てるという自信は持てなくなったとおもった。これからは、ただ、戦って、戦って、行きつくところまで戦い抜いてたおれるより仕方がないであろう。

駅頭には誰もいなかった。あとで聞けば、朝九時から夕方五時まで、父と叔父とが待っていてくれて、ついにしびれを切らして帰ったあとに列車が着いたらしい。駅を出れば、大阪の町は手荒く不親切で、厭戦《えんせん》気分に充ち、いたるところ市民の白眼と仏頂面《ぶっちょうづら》にぶっつかる。海軍の飛行機乗りだからとて、特別の好意を受けたいとは思わぬが、協力の気持はかけらも感じられない。わずか一年半まえ、「万歳、万歳」の声におくられて学生服でここを出たときと、何という変りようであろう。市電のなかで、腹がけ丼《どんぶり》に衣嚢《いのう》をさげ、ゲートルを巻いたおっさんの、聞えよがしに、「ほんまに、どないしよる気やろ。しょうむないいくさしくさって」などという露骨な言葉を聞いては、突っかかりたい気持を抑えるのがせいいっぱいで、大阪弁のなつかしさなどは吹きとんでしまうのであった。

されど、焼けなかった我が家にかえりつけば、やはり、父はよし、母はよし、家のうちなつかしき匂《にお》いたちこめて、いつまでも去りがたいおもいがする。其の夜は父の三兄弟、K氏、寄宿中のM氏など、したしい顔ぶれにて、夜半二時半まで、かたり且《か》つ飲む。

十三日朝、二、三軒近所の挨拶《あいさつ》まわりをして、十一時家を出る。母は一睡もしなかった。父も眠れなかったらしい。自分だけがぐっすりと寝た。大竹の海兵団、姫路駅、別府と、幾度かこれが最後とおもいながら父とわかれて、またきょう大阪駅に送ってもらう幸いを得た。淀《よど》を越えてはしる列車の窓から、荒れ果てた川向うの風景をながめていると、気弱く、涙こぼれそうになる。

京都でいったん下車、まっすぐ京大へ行ったが、此の日が日曜日であることを忘れていたのはたいへんな不覚で、ついに誰《だれ》にもあえず、E先生のお宅へまわる余裕もしない、四時四十五分発であわただしく京都を去った。残念であった。

東京着、翌朝五時すぎ。上野発二時三分で常磐《じようばん》線石岡《いしおか》、軽便鉄道で小川を経て、百里原へは夕方七時ちかくに到着した。小川から二里、交通機関なし。それから毎日、居候《いそうろう》のような生活をここでおくっている。明日からは、飛行作業がはじまる。えらばれた者、二十八名。

だ。

五月二十六日

昨夜また東京が大規模な空襲を受けた。二十二時三十分から二時三十分ごろまで、約二百五十機のB29の、市街地無差別襲撃である。山の手方面、被害相当大きいようだ。

百里からながめていると、東京の空に、プカプカと火の玉がいくつも浮かんでいる。これはやられたB29で、火の玉になりながらも容易に落ちて行かない。それへ三方四方から、赤、黄、緑の曳痕弾《えいこんだん》が、スウーッスウーッと吸い込まれて行く。火を吹いて流星のように直線に落ちて行くのは、日本の戦闘機だ。豪華な空の火の饗宴《きょうえん》のようでもあった。一昨夜の空襲で撃墜二十七機、昨夜ので四十七機と報じられている。またれいの過大発表かも知れないが、其のぐらいは落したようにも感じられる。

寝ないままで支度をして、三時から東京へ行くことにした。小川まで二里あるき、軽便の一番で石岡から上野へ着いたが、交通機関はほとんど動いていない。Kの家へ行ってみるつもりであったが、目黒へ行く電車など皆無で、やむなく其のまま土浦へ引きかえして、集会所で眠る。土浦はちょっとなつかしかったが、疲れ果てていて、どこへも寄らなかった。

帰隊して聞くところでは、陸軍の義烈空挺隊《くうていたい》が、沖縄の北、中飛行場に降下して、あばれまわってかなり戦果をあげたそうである。しかし沖縄ももう、何となく末期がちかづいたような感じがする。数次にわたった菊水作戦も、ついに失敗におわったとしかおもえないようだ。

五月三十日

自分の二十五回目の誕生日である。

われわれは飛行作業で毎日いそがしい。ここでは夕ぐれになって湿ったつめたい北東の風が吹きはじめると、海から濃い霧がながれよせて来る。飛行機のうえから、はるかな海づらを見つめていると、霧のかたまりが、海を這《は》って、低く低くサウスウェストの方角に、一とにぎりずつうごいて行くのがわかるのだ。高度（霧の）は百五十メートル以下で、やがて飛行場をすっかりつつんでしまう。濃度濃く、視界は十メートル以下になる。やがてまたところどころ、幕を掲げたように霽《は》れて来る。飛行機のうえは、霧とはおかまいなしの、夕陽がかがやいている。――ながれる雲や霧のうえを自由に飛翔《ひしょう》しているとき、不思議な空行く魅力をかんじて、自分はうれしい気持になるのが常だ。しかし、本土決戦もいよいよ避けられまい。鹿島灘《かしまなだ》、九十九里浜はいちばん危険だとおもうから、ひとごとならず、飛行のたび、何か頼りになる施設でも出来ているかと、海岸線を注意して見ているのだが、それらしきもの、ひとつとして見あたらない。いったいどうする気なのであろうか。

京浜《けいひん》地区の空襲も、とみに激化して来た。昨日はあさ九時ごろから、B29五百機、P51百機で、主として横浜市がやられた。戦爆連合の、しかも白昼のかかる大挙来襲ははじめてである。此《こ》の百里原あたりの空も、ために密雲に覆《おお》われたようにくらくなり、「雨かな」と言ったものさえあった。

夕、苺《いちご》が配給になった。赤いつやつやとした甘い果実。かきつばたが咲いても、苺を食っても、ひとつひとつこれが最後の此の季節のめぐみとおもえるので、こころに沁《し》みてありがたいのである。

六月九日
百里空《くう》の受け持つ哨戒《しょうかい》範囲は、犬吠岬《いぬぼうざき》と小名浜《おなはま》をむすぶ線の東方、扇形の海面である。偵察の連中が毎日これへ哨戒に出る。各哨戒機は、其《そ》の扇の要《かなめ》から出て、命ぜられた線をコの字（口すぼまりのコの字、つまり長い二等辺三角形）型に、扇の骨のうえをたどってかえって来る。ところが其のうち、ほとんど伝説的に、出ればかならずやられてしまうという哨戒線がある。理論的にいうと、敵の戦闘機の侵入予定針路と、わずかな角度でクロスするのかも知れない。其の方角だけ飛ばないというわけには行かない。此の哨戒線には、かならず予備学生出身士官が割りあてられ、海兵出身の者はけっして出ないのである。

帝国海軍、海軍兵学校の教育、其の滅私奉公（の筈）の精神、これが後世如何《いか》に書かれ、如何に評価されるか自分は知らない。だが「上官ノ命ハタダチニ朕《チン》ガ命ト心得」という、其の教えのかげで、どんなに屢〻《しばしば》都合のよい身勝手が公然とおこなわれているか、ひとり百里空や海軍航空隊だけの問題ではあるまいとおもうが、如何。

六月十四日

隊長の言に依《よ》れば、沖縄との無電連絡は絶えたそうである。きょうも雨。もう梅雨が来ているらしい。

午後、特攻法の講義がある。ねむくてねむくてしようがない。ここでは、どうかすると、一日中敵機が頭上を舞っていることもあるようになった。それでも唯々《ただただ》、くずれそうにねむい。

からだはけだるく、こころはなにかせかるるようで、隊内では似而非《えせ》風流が流行している。歌会、活け花など。そばの花が咲いた。牡丹《ぼたん》も咲いた。自分も芍薬《しやくやく》の大輪とつつじの花を、あり合せの鉢《はち》に投げ入れをして、なかなかよく出来たなどと悦に入ったりしている。農家の内に、蚕のひそかな音を立てて桑を食っているのを見ても、幼いころ紙箱に穴をあけて、二、三疋《びき》そだてたことなど、遠くなつかしく思い出されて、まるで晩年に己が一生を振りかえるような心持がする。

六月二十日

似而非風流のつづき。いろいろの花を見る。花の名を知る。そば、トマト、あざみ、蛇目草《じやのめそう》、鉄道草（アレチノギク）、赤まんま、野ばら、睡蓮《すいれん》、蘇鉄《そてつ》、小でまり草、グラジオラス、ざくろ（去年は水俣《みなまた》で見た覚えあり。赤いかたい感じの花）、百日草、マーガレット（花弁は白、中黄）、矢車草（ドイツの国花）、なでしこ、石竹《せきちく》、南天、かぼちゃ、胡《きゆ》瓜《うり》、茄子《なす》、ダリア、月見草、栗《くり》、松葉ぼたん。まだある。季節はずれのもある。露草（ほたる草）、ひるがお、毒だみ、紫陽花《あじさい》、鳳仙花《ほうせんか》、ねぎ、鬼百合《おにゆり》、大根、いきぐさ（方言かも知れず）、ひま、蛇《へび》いちご。

きょうは、梅雨のはれ間を、編隊で霞ヶ浦《かすみがうら》のうえを飛んだ。湖面上二百メートルを、三十メートル幅でながれる淡い雲があった。

いろんな特攻機が試験されつつあるそうだ。なかでも「橘花《きっか》」は双発、噴射推進式、巡航三〇〇ノットの速力、期待してよい新兵器であるということだ。ただ、ドイツも、多くの試作兵器をかかえて、其の使用直前で敗れ去ったことを考えさせられる。

六月二十九日

あたらしい特攻隊の編成あり。一番に指名さる。眼《め》がさめたようなおもいだ。急遽《きゅうきょ》木更津へうつる。いよいよ出撃らしい。

送別会をしてもらう。酒はない。歌を合唱して、酔った気分になる。明日ここを出る。行けばすべてがわかる。

＊　　＊

遺書　一、両親あて

昭和二十年七月九日

木更津海軍航空隊にて　　次郎

御無沙汰《ごぶさた》しました。六月末急にこちらへ移って来ました。敵の機動部隊がサイパンを発して、此の二、三日行動が不明であります。けさあたり来襲の算大で、今暁《こんぎよう》四時から待機しております。飛行機の傍で一筆したためます。此の機動部隊の所在がわかり次第、私は特攻隊の一員として出撃いたします。

二十五年の御慈愛深く深く感謝いたします。御二方の御こころはお察ししますが、私が自分の使命に満足して安らかに行くことを信じて、多くは嘆かないでいただきたいとおもいます。

私もいろいろ悩みましたが、昨晩は充分に食い、よく眠り、いよいよ命令が下ったら、多くの友がそうして行ったように、私もほんとうに晴れ晴れとしたこころになって、出て行けるとおもいます。ですから私のことは、どうか安心していて下さい。

どのような時代が来ても、かならずお健やかに、それのみを非常につよくねがっております。

死後片づけていただきたいような問題は何もありません。金銭関係、女性関係、全然ありません。蔵書は適当にして下さい。ただ、出水《いずみ》にいたころ世話になった人、熊本県水俣××深井蕗子《ふきこ》、此の人のことを、もし生きていたら私は申し出たかも知れません。しかし先方は何も知らず、其の後文通もないのですから御通知等は御無用と思います。突っ込む時、父上母上の面影《おもかげ》と一緒に胸にうかべるかも知れないので、一寸《ちょつと》だけお断りをしておくのです。

いま八時半です。走り書きで、さようなら。

遺書　二

鹿島へ。
雲こそ吾《わ》が墓標
落暉《らくき》よ碑銘をかざれ

わが旧《ふる》き友よ、今はたして如何に。共に学び共によく遊びたる京の日々や、其の日々の盃挙げて語りし、よきこと、また祟きこと。大津よ山科《やましな》よ、奥《おき》つ藻《も》の名張《なばり》の町よ、布留川《ふるかわ》の瀬よ。軍に従いても形影相伴いて一つ屋根に暮したる因縁《いんねん》や、友よ、思うことありやなしや。されど近ければ近きまま、あんまり友よしんみり話をしなかったよ。なくてぞ人はとか、尽さざるうらみはあれど以《もっ》て何をかしのぶよすがとなせ。

友よたっしゃで暮らせよ。

昭和二十年七月九日朝　吉野次郎

*　*

鹿島の手紙

昭和二十年十月

大阪府中河内《かわち》郡八尾町竹淵　吉野次郎両親宛《あて》

御疎《そ》開《かい》先での御生活、さぞ淋《さび》しく且つ御不自由のこととお察し申し上げます。敗戦後すでに二ヶ月が経過いたし、唯、茫々《ぼうぼう》たる想《おも》いに駆られるばかりであります。私は復員後郷里を出て、僅《わず》かな金と友人知人をたよりに、あてのない放浪の旅をして歩いております。京都の教室へ還《かえ》りたい志はありますが、今は未だ其の気になる事が出来ません。学業半ばにして共に海軍に投じた四人の仲間の、自分以外のすべてを失ったことは、私にはあまりに大きい打撃でありました。

吉野兄の最期《さいご》については、私も全くこれを詳《つまび》らかにすることが出来ないでおります。いずれもう少し世の中が落ちつきましたら、同じ基地に居た戦友の消息等からもたぐることが出来ると思いますが、現在は当時の古新聞など丹念にあたってみましても、それらしい記事はひとつも見つけることが出来ませんでした。唯、頂いた遺書の日附から推せば、其の翌日の七月十日朝、米軍機動部隊が本土に近接し、延八百余機で数次にわたって関東地方の各航空基地を襲ったという記録がありますので、此の日、本州東方海面でアメリカの空母をめがけて特攻戦死されたものではないかと思われます。それにしても、海軍からの公報が届かないのは、敗戦のどさくさでまぎれてしまったものか、まことに不都合に、お気の毒に存じます。

私は今、房州東海岸の鵜原《うばら》というところにおります。いずれにしても吉野兄の身体《からだ》は此のはるか沖に眠っているものと私は思うのです。天際の、海と雲とが合するところに、潮を墓にして、雲に碑銘を誌《しる》して、静かに眠っておられるでしょう。ここはきびしい崖《がけ》の切り立った、曲折の多い、うつくしい海岸です。崖に石蕗《つわぶき》が密生して黄色い花を咲かせています。北アメリカへの大圏航路にあたるようで、沖合をよく、米国のものらしい大きな汽船が通過して行きます。嵐《あらし》がちかいらしく、日はときどき射《さ》しますが、雲は乱れて、海は荒れております。

同封の拙《つたな》い詩は、御写真にでも供えたく、私がここで作ったものです。いずれ京都へ帰りましたら、かならず一度お邪魔をして万々お話申し上げる所存でございます。

草々。

展　墓

——亡《な》き吉野次郎に捧《ささ》ぐ——

われ　この日
真南風《まはえ》吹くこの岬山《さきやま》に上り来れり
あわれ　はや
かえることなき

汝《なんじ》の墓に　額《ぬか》ずくべく
海よ
海原よ
汝《なんじ》の墓よ
ああ湧き立ち破れる青雲の下
われ《わ》に向いてうねり来る蒼茫《そうぼう》たる潮流よ

かの日
汝《なれ》を呑《の》みし修羅《しゅら》の時よ
いま寂《しず》かなる平安《たいらぎ》の裡
汝《なれ》をいだく千重の浪々
きらめく雲のいしぶみよ
嗚呼《ああ》　そのいしぶみ
そのいしぶみによみがえる

かなしき日々はへなりたる哉
その日々の盃あげて語りたる
よきこと　また崇きこと

真南風吹き
海より吹き
わがたつ下に草はみだれ
その草の上に心みだれ
すべもなく　汝《な》が名は呼びつ　海に向いて

解説

安岡章太郎

これは、阿川弘之の三つ目の長篇《ちょうへん》小説である。最初のが「春の城」、次が「魔の遺産」、そしてこの「雲の墓標」。どれもみな戦争を主題にしている。

支那《しな》事変がはじまってから今日まで、無数の戦争小説があらわれた。ベスト・セラーになったものだけでも数えきれないくらいだ。そして、評判の戦争小説があらわれるたびに云《い》われたことは、いつも同じだ。「戦争小説というものは戦後十年たたなくては本物は出てこない」。

なるほど、戦後十三年たったこんにちでは、支那事変当時とは比較にならないほど、すぐれた戦争小説が数多く出てきた。けれども一体、「本物」の戦争小説とはどんなものか、戦争とはどんなものかは、一向に僕《ぼく》にはわからない。ハッキリと戦場や戦闘が何であるかをわからせてくれる小説には、いまでもなかなかぶっつからないのである。

実際、戦争ないしは軍隊生活の体験というのは、あまりに広くて深い。阿川は僕と同年の大正九年生れだが、仮に満州事変から数えはじめると、ものごころついて以来戦争の連続で、僕らの中から「戦争」を除くと、あとには何にものこらないくらいだ。けれども、戦争の中に日常があったということは、戦争と日常とが同じものだったということにはならない。どんなになじんでいるように見えても、戦争や、軍隊や、原子バクダンなどの話は、僕らのなかに不消化のままにのこされている。それ自体で完結してしまって、他の何ものとも結びつかないのである。たとえば、恋愛は、いまの僕の日常とはおよそカケはなれたものになっているが、それでも「戦争」のように、それ自体で固まりこんでしまった存在ではない。

「雲の墓標」を読んでも、真っ先に感じるのは、このことだ。文学として受けとろうとする前に、あるどうしようもないものが僕を引きずって行ってしまう。想うまいとしても、あのころのこと（つまり僕一個人の狭い視野からながめた戦争の記憶）がよみがえってきて、それが圧倒的に強くのしかかったまま、うごかせないのである。そして、このことを、おそらくもっとも痛切に感じているのは、作者の阿川自身であるにちがいない。

阿川弘之は学生時代から志賀直哉《なおや》に師事してきている。そして――これは余談だが、武者小路侃三郎君の云うところでは「咳《せき》のしかたまで志賀さんに似てきてしまった」そうである。――それはさて置き、彼が志賀直哉から学びとった最大のものは、自己の確立であったにちがいない。志賀門下にある大抵の人がそうであるように、阿川もまた、自分を中心とした小宇宙を築き上げ、とらえた問題をその中へ入れて培養し、充分に結晶したものを自己の分身として社会へ送りかえす、そういう方法を試みたであろう。だからこそ彼は戦後の作家のなかで誰《だれ》よりもはやく、自分の文体を確立することが出来たのである。

「春の城」は、そういう点で彼の長篇のなかでも一番彼らしい作品といえるだろう。これはいわば彼の青春讃歌《さんか》ともいうべきもので、全篇が軍隊と戦場とを舞台としているにもかかわらず、戦争はただ背景として、まるで偶然起った事件のように描かれているにすぎない。阿川は酔っぱらうと、すぐ「軍艦マーチ」を歌いだすというウワサがあったのは、このころである。

この「軍艦マーチ」のおかげで阿川はだいぶ損（?）をした。馬鹿馬鹿《ばかばか》しいはなしだが、一部からはまるで軍国主義者のようにおもわれたのである。しかし、これを当時の「あたえられた自由」への反逆精神と見るのも当らない。おもうに彼は、すこしばかりこの種の「損」をしてみたかったのであろう。

ともかく「春の城」は、戦争を日常茶飯のこととして育った世代の青春像を、それなりに過不足なしに定着させて成功した。しかし次の「魔の遺産」では、阿川もおそらく手こずったのではないかと思う。広島を郷里にもつ作家が、あのような災害を何《なん》等《ら》かのかたちで書いておきたいと思うのは当然のことだが、ここでは彼の培養器はまるで役に立たなかった。無論、そのことは作者自身がよく承知しており、だからこそルポルタージュのような形式をとって、生き残ってひとどおり健康な生活をとりもどした人たちを対象にもってきて、その中にひそんでいる怖《おそ》ろしいものを取り出そうとしたのだと思うが、結果はやはり表面をなでまわしただけでおわってしまった。

もっとも、「魔の遺産」にかぎらず、これまでのところ原爆の問題をあつかって成功した文学作品は一つもないといっていいぐらいだ。しかし、それにしても阿川がこの材料を手がけざるをえなかったというところに、なにか他《ほか》の問題がありそうだ。一つは三四百枚の小説を書くためには、このようなスケールの大きな材料がなくてはかなわぬ、と彼が考えたのではないかということ。もう一つは、背後に政治や経済や社会問題をはらんでいる原子バクダンというものが、それこそ日常茶飯の諸事と同じくらいに身ぢかに、具体的に、せまっていると思われたこと、である。後者は前者にくらべて、より純粋な動機と考えられるかもしれないが、じつは両者は同じものだ。どっちにしても阿川は、師の志賀直哉がこれまでにのこした作品とは同じところから出発したにしても、まったく別の展開をしなくてはならないと考えたことになるからである。「雲の墓標」には、そういう阿川の一つの新しい出発点が感じられる。「雲の墓標」は「春の城」と同じく、海軍予備学生を生活記録風に記述したものだし、主人公の吉野は「春の城」の小畑とほぼ同様の性格で、作者自身の投影のようにおもわれるのに、この二つを読みくらべた印象はまったく異なっている。「雲の墓標」はまったくペシミスチックな様相をていしているのである。「春の城」でも最後の場面は、主人公が「祝平和祭」とかかれたアーチを皮肉な眼で眺《なが》めるところであって、決してノホホンと楽天的なわけではないが、「雲の墓標」は最初から暗い。

陸軍とちがって海軍は、いくらか外部の一般社会と空気が流通していて、たとえば予備学生なども最初のうちは、学生上りは中産階級の出だからということで、それにふさわしい待遇をうけていたと、僕らは聞かされていたのだが、昭和十八年十二月に学徒動員で入隊した連中には、もうそんなシャバでの特権は適用しなかったらしい。いってみれば、そのようなちがいが、「春の城」と「雲の墓標」の間にある。「春の城」は主人公が海軍に入ろうか入るまいかとしているところからはじまる。そして入隊すれば、すぐに候補生になるのである。ところが「雲の墓標」の場合はイキナリ学生服から水兵服に着かえさせられ、かぶりにくい水兵帽を頭にいただいて立っているのだ。そして彼、吉野は「のこして来た学業への未練、父母への思慕、多くのなつかしい人々への気持、それが十重《とえ》二十重《はたえ》に自分にからみつき、自分を幾つにも引き裂かれながら、「しかし、自分たちにはもはや、なにものかを選ぶということは出来ない。定められた運命の下に、自分を鍛えることだけが、われわれに残された道だ」と観念しているのである。

しかも、この吉野に対立する学生、藤倉はもっと自分の運命について悲観的であり、ハッキリと反軍的でさえある。彼は「わずか数年のちがいで、左翼的な雰囲気《ふんいき》というものを全く知らずに学園生活をおくったわれわれは、マルクシズムのことは、ほとんどなにもわからない。たとい全面的に信じないにせよ、一度その洗礼を受けていたならば、こんにち俺《おれ》たちはもっと、科学的な見とおしを立てる力を持てたのだろうか?」というようなことを考え、「葉隠《はがくれ》」の四誓願を茶化して、

「一、餓鬼道に於《おい》ておくれ取り申すまじき事、

一、自分の御用に立つべき事、

一、親に孝行 仕《つかまつ》るは死なざる事とみつけたり」

などと云っている。これまでの阿川の小説には、このような主人公が、このような

言葉で語ったものは一つもなかった。

日記という型が書きよかったのかもしれない。しかし何よりも作者が一つの踏ん切りをつけたからこそ、こういう形式もとれたのだろう。そして、全体に暗くペシミスチックなものが流れているといったが、「春の城」、「魔の遺産」にくらべると、かえってこの「雲の墓標」の方が若々しく、イキイキしたものを感じさせる。若いころには年よりのポーズをとりたがるものだというが、そうだとすれば、これは作者がそれだけの成長をとげたためだろうか。しかし、これは軽々しくは決めつけられない問題だ。作家と素材との出会いは、偶然の要素も多分にあるからである。

こんどの戦争ではさまざまの偽瞞《ぎまん》政策がもちいられたが、僕らが目の前で一番ハッキリとそれを見せつけられたのは、海軍の飛行科の予備学生と「予科練」とに対するやり方だったと思う。予科練についてはよく知らないが、予備学生の方は、兵学校出の海軍士官を殺すのがもったいないために学生を将校に速成してつかうのだということが、かなり一般に広く云いつたえられていた。「特攻隊」というものも、それがどういう形であらわれてくるのかわからなかったが、とにかくそういうために使われるのが学生上りの飛行将校であるとは、何となしに僕らの耳につたわっていた。それでいながら、あんなにたくさんの予備学生志願者がいたのは、単にダマされたというよりは、もうすこし複雑な動機と要因があって一と口には云えないけれど、結局ダマされるより仕方のないところへ彼等は引きずりこまれて行った。そのことは、最後まで海軍のやり方に疑問をもちながら、練習飛行中に事故死する藤倉の中にもっともよく描かれている。

おそらく大半の人が、この小説を泣かずに読みとおすことは出来ないだろう。僕自身あのころの学生生活を想い出し、どうにもならないイラだたしさを感じさせられ、死んだ友人の顔が目にうかんでやり切れないおもいであった。死ぬことだけを目的に訓練されている異常な集団が、落ち着いた筆致で描かれているだけに、その異常さは一層強く胸にこたえた。

前にも述べたように、この異常さをすっかり解明しつくすためには、たぶんこの小説だけでは充分ではない。それには今後の阿川や、それにつづく作家の活躍をまたなくてはならない。それとも、あの死の集団という異常なものは、今後何年ときをかそうとも僕らが生きているかぎり、あまりにもナマナマしく、身につきすぎたものとして感じつづけなくてはならないだろうか。だとすれば、ついに僕らは生涯《しょうがい》のうちに「本物」の戦争文学というものにはぶっつからないですむことになる。

（昭和三十三年七月、作家）

この作品は昭和三十一年四月新潮社より刊行された。

遠藤周作著
侍
野間文芸賞受賞

藩主の命を受け、海を渡った遣欧使節「侍」。政治の渦に巻きこまれ、歴史の闇に消えていった男の生を通して人生と信仰の意味を問う。

吉行淳之介著
原色の街・驟雨
芥川賞受賞

心の底まで娼婦になりきれない娼婦と、良家に育ちながら娼婦的な女――女の肉体と精神をみごとに捉えた「原色の街」等初期作品5編。

吉行淳之介著
夕暮まで
野間文芸賞受賞

自分の人生と〝処女〟の扱いに戸惑う22歳の杉子に対して、中年男の佐々の怖れと好奇心が揺れる。二人の奇妙な肉体関係を描き出す。

開高健著
フィッシュ・オン

アラスカでのキング・サーモンとの壮烈な闘いをふりだしに、世界各地の海と川と湖に糸を垂れる世界釣り歩き。カラー写真多数収録。

開高健著
地球はグラスのふちを回る

酒・食・釣・旅。――無類に豊饒で、限りなく奥深い〈快楽〉の世界。長年にわたる飽くなき探求から生まれた極上のエッセイ29編。

開高健
吉行淳之介著
対談 美酒について
―人はなぜ酒を語るか―

酒を論ずればバッカスも顔色なしという二人が酒の入り口から出口までを縦横に語りつくした長編対談。芳醇な香り溢れる極上の一巻。

志賀直哉著

清兵衛と瓢簞・網走まで

瓢簞が好きでたまらない少年と、それを苦々しく思う父との対立を描いた「清兵衛と瓢簞」など、作家としての自我確立時の珠玉短編集。

志賀直哉著

小僧の神様・城の崎にて

円熟期の作品から厳選された短編集。交通事故の予後療養に赴いた折の実際の出来事を清澄な目で凝視した「城の崎にて」等18編。

内田百閒著

百鬼園随筆

昭和の随筆ブームの先駆けとなった内田百閒の代表作。軽妙洒脱な味わいを持つ古典的名著が、読やすい新字新かな遣いで登場！

内田百閒著

第一阿房列車

「なんにも用事がないけれど、汽車に乗って大阪へ行って来ようと思う」。借金をして一等車に乗った百閒先生と弟子の珍道中。

内田百閒著

第二阿房列車

百閒先生の用のない旅は続く。弟子の「ヒマラヤ山系」を伴い日本全国を汽車で巡るシリーズ第二弾。付録・鉄道唱歌第一、第二集。

内田百閒著

第三阿房列車

百閒先生の旅は佳境に入った。長崎、房総、四国、松江、興津に不知火と巡り、走行距離は総計1万キロ。名作随筆「阿房列車」完結篇。

山本周五郎著
風流太平記

江戸後期、ひそかにイスパニアから武器を密輸して幕府転覆をはかる紀州徳川家。この大陰謀に立ち向かう花田三兄弟の剣と恋の物語。

安部公房著
他人の顔

ケロイド瘢痕を隠し、妻の愛を取り戻すために他人の顔をプラスチックの仮面に仕立てた男。——人間存在の不安を追究した異色長編。

安部公房著
壁
戦後文学賞・芥川賞受賞

突然、自分の名前を紛失した男。以来彼は他人との接触に支障を来し、人形やラクダに奇妙な友情を抱く。独特の寓意にみちた野心作。

安部公房著
飢餓同盟

不満と欲望が澱む、雪にとざされた小地方都市で、疎外されたよそ者たちが結成した〝飢餓同盟〟。彼らの野望とその崩壊を描く長編。

安部公房著
第四間氷期

万能の電子頭脳に、ある中年男の未来を予言させたことから事態は意外な方向へ進展、機械は人類の苛酷な未来を語りだす。ＳＦ長編。

安部公房著
砂の女
読売文学賞受賞

砂穴の底に埋もれていく一軒屋に故なく閉じ込められ、あらゆる方法で脱出を試みる男を描き、世界20数カ国語に翻訳紹介された名作。

雲《くも》の墓《ぼ》標《ひよう》

新潮文庫　あ－3－2

昭和三十三年七月二十日 発行
平成二十一年七月十五日 七十五刷改版
令和四年六月五日 八十三刷

著者 阿《あ》川《がわ》弘《ひろ》之《ゆき》

発行者 佐藤隆信
発行所 株式会社 新潮社
郵便番号 一六二—八七一一
東京都新宿区矢来町七一
電話 編集部(〇三)三二六六—五四四〇
読者係(〇三)三二六六—五一一一
http://www.shinchosha.co.jp
価格はカバーに表示してあります。
乱丁・落丁本は、ご面倒ですが小社読者係宛ご送付ください。送料小社負担にてお取替えいたします。

印刷・株式会社光邦　製本・株式会社植木製本所

ISBN978-4-10-111002-8 C0193